[日]

# 芥川龙之介

著

魏大海 主编

# 傻人

GUANGXI NORMAL UNIVERSITY PRESS

广西师范大学出版社

·桂林·

**图书在版编目（CIP）数据**

偶人 /（日）芥川龙之介著；魏大海主编. --桂林：广西师范大学出版社，2022.5（2025.9重印）
ISBN 978-7-5598-4725-6

I.①偶… II.①芥… ②魏… III.①小说集－日本－现代 ②童话剧－剧本－作品集－日本－现代 IV.①I313.15

中国版本图书馆CIP数据核字（2022）第020039号

OUREN

偶人

作　　者：（日）芥川龙之介
主　　编：魏大海
责任编辑：谭宇墨凡
特约编辑：徐　露
装帧设计：汐　和　at compus studio
内文制作：陆　靓

广西师范大学出版社出版发行

　广西桂林市五里店路9号　邮政编码：541004
　　网址：www.bbtpress.com
出版人：黄轩庄
全国新华书店经销
发行热线：010-64284815
河北鑫玉鸿程印刷有限公司印刷
开本：889mm×1260mm　1/64
印张：6.25　　　　字数：160千字
2022年5月第1版　　2025年9月第7次印刷
ISBN 978-7-5598-4725-6
定价：40.00元

# 目录

仙
人

诸位。

我现在在大阪，所以呢，就给诸位讲讲大阪的趣闻吧。

很早以前，有个来大阪当帮工的人。至于他叫什么名字，我就不知道了。毕竟只是一个帮人烧菜做饭的男佣，人们都只管他叫男仆。

那天，男仆刚一钻过荞头行的门帘，就径直对叼着烟斗的掌柜这样请求道：

"掌柜的，我想成为一个仙人，请你给我介绍一件那样的差事，住进那样的人家吧！"

掌柜恍若惊呆了一般，好一阵子都嗫口不语。

"掌柜的，你听见了没有？我想成为一个仙

人，所以就让我住进那样的人家吧！"

"实在是对不起……"掌柜终于恢复了常态，一边开始吧嗒香烟，一边说道，"鄙行还从不曾为顾客介绍过什么可以修炼成仙的行当，你还是另请高明吧！"

男仆仿佛很不服气，一边向前挪动着身着葱绿色紧腿裤的膝盖，一边陈述着这样的理由：

"这未免有点儿蹊跷吧？你想想，贵行的门帘上都写着什么。不是写着'本行负责引荐所有行当'吗？既然号称所有行当，那就应该名副其实才对呀。莫非贵行只是在门帘上乱写一些唬人的噱头而已？"

听男仆这么一说，掌柜就觉得他的抱怨也不是毫无道理了。

"不，门帘上的话绝没有弄虚作假的嫌疑。倘若你真的有意让鄙行给你介绍一件修炼成仙的差事，那你就明天再来吧。我们会在今天之内给你找找线索的。"

掌柜只是事从权宜，才接受男仆请求的，并

不意味着，对于该把男仆介绍到哪里去帮工才能修炼成仙，已经心中有数了。所以，打发走男仆后，掌柜马上就出门前往附近的医生家里。在讲完男仆的事情以后，他忧心忡忡地问道：

"怎么样，先生？为了修炼成仙，在什么地方帮工才算得上捷径？"

对此，想必医生也颇犯踌躇吧。好一阵子，医生都交叉着双臂，只是怔怔地眺望着庭院里的松树。谁知一听完掌柜的话，医生的老婆——一个诨名叫老狐狸的狡猾女人——就从旁边冲出来插嘴道：

"让他上我们家来吧！只要在我们家里待上两三年，保管让他修炼成仙。"

"是吗？这可是一个好消息，那么就拜托你们了。其实我也一直琢磨着，仙人和医生或许是缘分最近的吧。"

一无所知的掌柜频频点头致谢，兴高采烈地回去了。医生哭丧着一张脸，目送着掌柜离去的身影。随后他朝着自己的老婆生气地埋怨道：

"你都说了些什么蠢话呀？如果那个乡巴佬抱怨说，怎么待上好多年，都不见我们教授一点儿仙术，那该怎么办呢？"

但医生的老婆不仅没有认错，反而冷笑着教训医生道：

"哎，你就不吱声好啦。像你这样傻正经的话，在如今这个艰难的世道上，是会连饭都吃不上的。"

第二天，就像约定的那样，男仆和掌柜一起来到了医生家里。或许是考虑到今天乃是初次见面，就连男仆都穿上了一件带有家徽的外褂，乍一看，跟普通的乡下人没什么两样。这或许反倒让人感到意外吧，以至于医生像是打量来自天竺的麝香兽[1]一般，目不转睛地凝视着他的脸，审慎地问道：

"听说你想成为仙人，请问究竟是什么促使你萌生了那样的愿望？"

---

[1] 通常指麝类动物，亦作麝类、麝香鹿、大灵猫等脐香腺囊能分泌油液状香料的动物的总称。

"也说不出什么特别的原因，只是我在看见了大阪城之后，不禁涌起了这样的念头——就连像太阁[1]这样的伟人也会在某个时辰一命呜呼，由此看来，人无论有多少荣华富贵，最终都不过是虚幻一场。"

"只要能够修炼成仙，你什么事都愿意做，是吧？"狡黠的医生夫人不失时机地插嘴问道。

"是的，只要能够修炼成仙，我什么都愿意做。"

"那么，从今天起，你就在我们家当二十年的用人吧。这样一来，在第二十个年头的时候，就教授给你羽化登仙的方术。"

"真的？这可是太让人感激了。"

"作为代价，在这二十年当中，就不发一分工钱了。"

"好啊，好啊，我明白了。"

那以后的二十年间，男仆就一直在医生家里

---

1 这里指丰臣秀吉（1537—1598），日本战国三英杰之一，1583年修建大阪城。

当用人，又是打水，又是劈柴，又是烧饭，还要抹桌子做清洁。当医生外出就诊的时候，他还要背着药箱陪同前往——不仅如此，他还从来没有要过一分工钱。如此难能可贵的用人，整个日本也找不着第二个吧。

二十年终于过去了。那天，男仆又像刚来时那样，穿上带有家徽的外褂，来到了医生夫妇跟前，对这二十年来的关照诚恳地表示了感谢。之后，他说道：

"另外，就像早先约定的那样，今天我想请你们教给我不老不死的仙术。"

听男仆这样一说，作为主人，医生不禁感到不知所措。分文未付，白白使唤了别人二十年，如今才告诉他自己不谙仙术，这种话岂能说出口来。于是，无可奈何的医生只好冷淡地回绝道：

"精通仙术的，其实是我老婆，你就让她教你好啦。"

不料，医生夫人倒是满不在乎，一口应承道：

"好吧，我就教你仙术吧。不过，无论多么困难，你都得按照我说的去做哟，否则不仅成不了仙人，相反，接下来的二十年也必须得不取报酬地给我们帮工。不然，你马上就会遭到惩罚而一命呜呼的。"

"是的。无论多么困难的事情，我都一定会坚持到底的。"男仆喜不自禁地等待着医生夫人的吩咐。

"那么，你就爬到院子里的那棵松树上去吧。"

医生夫人吩咐道。

她压根儿就不懂什么仙术，所以只管吩咐着些男仆很可能无法完成的困难事情。她打的如意算盘是，一旦男仆无法做到，就又可以无偿使唤他二十年了。谁知一听完她的话，男仆立刻就朝院子里的松树爬了上去。

"爬得再高一点！再高一点！"

医生夫人一边伫立在檐廊边上，一边仰头观察着男仆。只见在宽阔的庭院里，男仆身上那带有家徽的外褂，正在松树最高的枝梢上款款飘舞着。

"现在把右手松开！"

男仆用左手紧紧攀住松树粗大的枝干，慢慢地松开了右手。

"然后再松开左手！"

"喂，喂，如果左手也松开的话，那乡巴佬会摔下来的。一旦真的摔了下来，你瞧，地上到处都是石头，他肯定会没命的。"医生也终于放心不下，把头探到了檐廊边上。

"现在不是你出面的时候，就交给我办好啦——喂，快把左手松开！"

话音未落，男仆已经果断地松开了左手。他人在树上，居然将两只手一起松开，想必不可能不掉下来吧。转眼之间，男仆的身体、他身上那带有家徽的外褂，蓦地离开了松树的枝梢。可一离开树梢，他不仅没有掉下地来，反而像木偶人一样神奇地停留在了正午的天空中。

"谢谢。多亏你们，我也终于成了一个真正的仙人。"

男仆毕恭毕敬地行了个礼，然后一边静静地踏步在蓝天中，一边朝着高高的云层深处翩然上升。

而那对医生夫妇，后来又怎样了呢？这可就无人知晓了。不过，医生庭院里的那棵松树却一直被保留了下来。据说淀屋辰五郎[1]为了观赏这棵松树的雪景，特意把这棵有着四搂粗的大树移植到了自己的庭院里呢。

大正十一年（1922）三月

（唐先容　译）

---

[1] 江户时代元禄时期的大阪豪商。

六宫公主

# 一

六宫公主的父亲，也是由一位公主所生。他因生性古板，不应时势，官只做到兵部大辅，再也没能高升。公主跟这样的父母住在六宫池畔一所庭木森然的府邸里。六宫公主的称呼，便是这么得来的。

父母十分珍爱公主，却守着老礼，没想给她许配个人家，只是养在深闺，等人上门求亲。公主也恪守父母的教诲，恭谨地度日。那日子虽说无忧无虑，却也没什么欢乐可言。公主不谙世事，倒也不觉得有什么不称心，心想，"只要父母健在就好"。

古池畔的垂樱，年年岁岁零落地开着花，不知不觉公主也长成一个娴静端庄的美人儿。可是这相依为命的父亲，因年老酗酒突然亡故。祸不单行，母亲思念亡夫，哀伤过度，不到半年也追随夫君而去。公主悲伤至极，尤感世事茫茫，走投无路。说来，一向娇生惯养的公主，除了一位乳母，便再也没有可依靠的人了。

乳母倒是忠心耿耿，为了公主，不辞辛苦，始终拼命操劳。但镶着螺钿的匣子、白金的香炉，这些祖传的东西慢慢地一件件少了下去。男佣女仆也开始一个个辞工离去。渐渐地，公主终于明白生计的窘迫，可是要叫她想个法子，却是她力所不及的。在寂寥的厢房里，公主一如往昔，弹弹琴，吟吟诗，单调地一天天打发着日子。

秋天的一个黄昏，乳母走到公主面前，犹犹豫豫，终于说出这样一番话：

"我那个当和尚的侄子说，有位官人先前在丹波做过国司，提出要见见公主。说是那官人不但相貌俊美，性情也很温和。他父亲虽说只是地方官，祖上倒当过三品的京官。公主见见他好不好？总比这样过穷日子要强些……"

公主低低地啜泣起来。为了贴补困窘的生活，便将身子交给男人，这不同卖身一样么？当然她也知道，世上这种事很多，但是一想到现在自己也沦落到这一步，就格外伤心了。公主当着乳母的面，在落叶横飞的秋风里，把个面庞儿深深埋在衣袖中……

## 二

可不知从何时起，公主开始每晚和这男子相会了。正像乳母所说，那男子性情温和，相貌也果然俊雅。对公主的美貌，倾心得忘乎所以，这是明摆着的，谁都看得出来。公主对他倒也没有恶感，有时甚至还觉得终身有了依靠。可是在绘着蝶鸟双双的围屏后，耀眼的灯光下，哪怕同那男子相爱的时候，公主也没有一夜是感到欢愉的。

没多久，宅邸里开始显出了生机，黑漆柜和竹帘子都换了新的，用人也增加了，乳母操持家务的劲头比先前更足了。可是对于这些变化，公主只是满怀凄凉地瞧着罢了。

一个雨夜，男子和公主对酌，讲了丹波国一个可怕的故事。有个到出云去的旅客，在大江山下的客店投宿。刚好那夜，客店老板娘平安产下一个女婴。旅客忽然看见产房里跑出一个怪汉，嘴上念叨"寿当八岁，命该自刎"，说完便没影了。九年后，那个旅客进京路过，又上那家客店投宿，想探个究竟。果然，女孩已在八岁那年横死，是从树上掉下来，偏巧喉咙扎到镰刀上——故事大致如此。公主听了，感到人各有命，没法违抗。自己能靠这个男人活着，比起那个女孩来，算是福气了。"万事只能认命啊。"公主心里这样想着，脸上装出了笑容。

屋檐下的松树，几次被大雪压断了枝条。白

天，公主照旧弹弹琴，玩玩双六[1]；晚上，则同男子同床共寝，听水鸟飞入池塘的声音。日夕晨昏，既没有悲哀，也很少欢乐。不过，公主仍然故我，在这疏懒闲适的生活中，一时倒也自得其乐。

不料这闲适的日子突然到了头。初春的一个晚上，那男子见屋里只有他们两人，便开了腔，为难地说："与你相会，今天是最后一夜了。"原来他父亲这次奉调陆奥当地方官，他得跟着一起到冰天雪地的任所去。当然，离开公主最叫他痛心不过。可是，他跟公主相好是瞒着父亲的，现在再来说真话，终究难开这个口。男子一面唉声叹气，一面细说端详：

"五年一过，任期就满了。到时我准回来，你等着我吧。"

公主早已哭倒了。即使没什么爱情，毕竟也是一个托付终身的人，一旦要分离，那真有说

---

1 起源于埃及或印度，奈良时代以前自中国传入日本的一种室内游戏。棋盘上各置黑白十五子，按照筒中摇出的骰子点数走棋，先入敌阵的一方取胜。

不尽的悲哀。男子抚摸着公主的后背，百般地劝慰和勉励。可是不等说上两句，公主已然泣不成声了。

这时候，不知就里的乳母同年轻的女佣端着酒馔食案走了进来，还说古池畔的垂樱，都长出花骨朵来了……

三

第六年的春天到了。到陆奥去的男子，终究没回京城。这期间，用人四散投奔到别处，一个都没留下。公主住的东厢房，有一年叫大风刮倒了。从那以后，公主便同乳母一起，挤在下人屋里。说是屋子，却又窄又破，仅避风雨罢了。刚搬过去的时候，乳母一见可怜的公主，就禁不住落泪，但有时又会无端地发火。

生活的困苦自不用多说。橱柜早已变卖，换了米菜。如今，公主除了身上的夹衣和裙子外，再没有一件多余的了。有时缺柴烧，乳母便到颓败的正房拆木板。而公主仍像从前一样，弹弹琴，吟吟诗，消愁解闷，一心等那男子归来。

那年秋天的一个月夜，乳母走到公主面前，想了又想，说道：

"官人恐怕是不会回来的了。公主就忘了他吧，好不好？前两天，有位典药之助，说要见见公主，一直催着呢……"

公主一边听，一边想起六年前的事来。六年前，自己曾伤心得哭个没完，而今，已经身心交瘁。"只求静静地等死"……此外别无所想。听完乳母的话，公主憔悴的面庞望着苍白的月亮，心灰意懒地摇了摇头，说：

"我什么也不要。活也罢，死也罢，反正都一样……"

就在同一时刻，那男子远在常陆国的府邸里，正和新娶的娇妻双双对酌。妻子是国守的千金，是父亲给他相中的。

"什么声音？"

男子吃了一惊，抬眼望着月光朗照下的屋檐。不知为何，公主的面影忽然鲜明地浮上心头。

"是栗子掉下来了呀。"

妻子这样回答，一面笨拙地斟酒。

# 四

直到第九年，恰逢晚秋时节，那男子才回京城。他是同常陆的妻子家人一起，在回京的路上，为了避不吉利的日子在粟津待了三四天。进京那天，还特意选在傍晚，免得白天惹人注目。在乡下的那几天，男子几次三番派人去给京里的"妻子"报信。可是有的一去不回，有的盼回来了，却没找到公主的宅邸，没得到一点音信。因此进了京后，男子越发思念。等把妻子平安送到丈人家，他风尘仆仆连件衣服也顾不得换，马上直奔六宫去了。

到了六宫一看，从前有四根大柱的门，屋顶葺着桧皮的正房和厢房，如今统统不见了。只有一堆废墟，还留在院子里。他伫立在荒草中，茫然望着这片遗迹。那里，池塘半掩，浮蓍几株，在新月的微光下，叶子静静地簇拥在一起。

记得原先是账房那里，见到一间快倒掉的板房。走近一看，屋里好像有人，便摸黑朝那人轻轻叫了一声。月光下，蹒跚走出一个老尼姑来，有点儿面熟。

听见男子报出姓名，老尼姑还没开口，便先哭了起来。然后，才抽抽搭搭地讲起公主的境况。

"老爷您忘了吧？我家小女给您当过使女。老爷走后，她还做了五年。后来，要随我丈夫上但马去，我同小女才离开这儿。近来因为惦记公主，我就一个人进京来看看。可您瞧，这不，连房子带什么的全没了，就连公主哪儿去了也不知道……刚才我正没辙呢。老爷您不知道，小女在的那阵儿，公主的日子过得那个苦哇，真是没法儿提……"

男子听她一五一十说完，便脱下一件内衣，送给这位驼背的老尼姑，然后垂着头，在荒草中默默离去。

# 五

翌日，男子又跑遍京城，到处去找公主。她在哪儿？怎么样了？却始终无法得知下落。

几天以后的傍晚，为躲阵雨，男子站在朱雀门前西曲殿的檐下。那儿除了他，还有一个叫花子和尚，也不耐烦地在等雨停。朱漆大门顶上，单调的雨声不绝于耳。男子也斜着眼睛看着和尚，一面心烦意乱地在台阶上走来走去。忽然听见动静，微暗的窗内好像有人，便无心地朝里面瞟了一眼。

窗内有个尼姑，正在服侍一个身披破席的女子，像个病人。虽说黄昏时分，光线暗淡，也看得出那女子简直瘦得怕人。男子一眼就认出了她正是公主。他张嘴刚想招呼，可是见她那贫贱的模样，不知怎的竟又咽了回去。公主不知道男子就在窗外，躺在破席子上，翻过身，不胜痛苦地吟诗道：

曲肱作枕风吹寒，
清秋堪忍愁无眠。

听到这声音，男子忍不住叫了公主的名字。公主抬起头来，一见到男子，轻轻地不知喊了句什么，便又倒伏在席子上。尼姑——那位忠诚的乳母，同跑进屋的男子一起，慌忙抱起公主。可是看了她的脸色，不要说乳母，连那男子也着了慌。

乳母发疯似的跑去找叫花子和尚，请他不管怎样，给临终的公主念卷经。和尚答应了，走到公主枕边坐下。他没有念经，却对公主说：

"往生净土，不能借助他力，须自己念佛不怠，快念阿弥陀佛吧！"

公主由男子抱着，声音微弱地念起佛号来。忽然，眼睛定定然，她恐惧地看着门口的顶棚：

"啊，那儿有辆车子，火在烧它……"

"不要怕，只管念佛！"

和尚厉声地说。于是公主念了一会儿，又梦魇一般嘟囔道：

"我看见金色的莲花了，莲花大得像华盖……"

和尚正要说话，公主抢先断断续续地说：

"莲花又不见了，剩下的是一片黑暗，只有风在吹。"

"要一心念佛！为什么不专心念佛？"

和尚斥责道。公主快断气了，只是重复同样的话：

"什……什么都不见了。一片黑暗，只有风……只有冷飕飕的风在吹。"

男子和乳母含着眼泪，口中不断念着佛号。和尚也双手合十，帮着公主念佛。雨声交织着佛号，躺在破席上的公主脸上渐渐露出死相……

# 六

又过了几天，一个月夜，那个劝公主念佛的和尚穿着破僧袍，抱着膝盖，照旧坐在朱雀门前的曲殿里。这时，有个武士悠然自得地哼着小曲，在月光照彻的大路上走来。见了和尚，一双穿了草履的脚便停下来，随口问道：

"说是近来朱雀门一带，常听到女人的哭声，是吗？"

和尚蹲在石阶上，只说了一句：

"你听！"

武士侧起耳朵，但闻隐隐的虫鸣，此外别无声响。周遭只有松树的气息，飘荡在夜空中。武士正要张口，没等说话，突然不知从哪儿送来一声女人幽幽的叹息。

武士把手按在刀上。声音在曲殿的上空拖着长长的尾音，响了一阵，渐渐地又消失在远处。

"念佛吧！"和尚抬头迎着月光，说道，"那是个没出息的女魂，既不知天堂也不知地狱。念佛吧！"

武士没有回答，盯住和尚的面孔，大吃一惊，猛地两手伏地，跪在和尚面前：

"是内记上人吧？您怎么会在这种地方……"

俗名庆滋保胤[1]，世称内记上人，在空也上人的弟子中，是最德高望重的一位沙门。

大正十一年（1922）七月

（艾莲 译）

---

1 日本平安中期文人，本姓贺茂，字茂能，法号寂心。师从菅原文时，诗文精湛。

鱼市的河岸

去年春天的一个夜晚——说是春天的夜晚，其实也就是寒风料峭、月色清冷的晚上九点左右。保吉和三个朋友一起，沿着鱼市的河岸踯躅而行。所谓的三个朋友，一个是俳人露柴，一个是西洋画家风中，而另一个则是泥金画师如丹。——尽管在此不透露他们的真实姓名，但毋庸置疑，三人皆是各自行内的名师高手。特别是露柴，原本在三人中间就最为年长，作为新潮俳人也早已闻名遐迩。

几个人全都醉了。不过，风中和保吉本来酒量就很小，喝得也不多，只有如丹堪称有名的酒豪，所以跟平时相比，他们三人并没有什么异样。只有露柴不知何故，两只脚下老是险象环生。于是几人把露柴夹在中间，沿着月光生涩、冷风拂面的街道，朝着日本桥的方向悠然走去。

露柴是那种纯粹的江户男儿，其曾祖父与蜀山[1]、文晁[2]等人都交情笃厚。说起他的家——即"河岸上丸清"，在这一带几乎无人不知。不过很早以前，露柴就几乎把家业全权托付给了别人打理，而自己则跑到山谷的露地里尽情享受着俳句、书法和篆刻的乐趣，因此在露柴身上有着某种我们所缺乏的洒脱和俏皮。与其说是庶民的气质，不如说是豪爽的侠义禀性，当然与高岗地带的富人阶层相距甚远——即是说，其中潜藏着某种与河岸的金枪鱼寿司一脉相通的东西……

露柴像是觉得有些碍事似的不时甩动着外套的衣袖，并快活地与其他人侃侃而谈。而如丹则静静地笑着，在一旁随声附和。不知不觉间，众人已经来到了河岸的尽头。如果就这样穿过河岸

---

1  蜀山人（1749—1823），日本江户后期的文人、狂歌师、剧作家。
2  谷文晁（1763—1841），日本江户时代的著名画家。

而去，大家都觉得有些意犹未尽。这时，只见旁边正好开着一家洋食餐馆，它在辉映着半爿房屋的月光中垂落着白色的门帘。就连保吉也曾无数次听到过这家餐馆的传闻。"进去吗？""不妨进去看看吧。"——就这样合计着的时候，他们已经在风中的带领下，一下子拥进了狭窄的店堂里。

店堂里已有两个顾客坐在狭长的桌子旁了。一个是河岸的年轻人，另一个则像是某个地方的工人。四个人分成两对，面对面地在他们那张桌子旁坐了下来，然后把油炸的江珧[1]当作下酒菜，开始一点一点地品尝起正宗酒来了。酒量小的风中和保吉当然只喝了一杯，不过等一吃完下酒菜，两个人的饭量便顿时大了许多。

在这家店里，不管桌子还是椅子，全都是没有涂漆的白木。店铺四周围着的，也是江户时期

---

1　原文为"平贝"，也作"玉珧"，一种海产双壳贝。

传下来的那种苇帘。因此即便吃的是所谓洋食，却几乎没有身在洋食餐馆的感觉。点的牛排刚一上来，风中就忍不住大声叫道："哇，这哪里是什么牛排呀，分明是牛肉片嘛！"倒是如丹对牛排的刀法表示了最大的敬意。而保吉则对这种地方居然有着如此明亮的灯光，感到不胜亢奋。至于露柴——因为是当地人，所以也没有什么可以大惊小怪的，只是把鸭舌帽戴在后脑勺上，一边与如丹不停地推杯换盏，一边依旧快活地闲聊着。

正在这时，一个戴着礼帽的顾客一下子掀开门帘闯了进来。只见他把肥胖的脸颊埋进外套的毛皮衣领里，滴溜溜地扫视着店堂。不，与其说是扫视，不如说是恶狠狠地瞪眼打量着。他一言不发，把庞大的身体挪进了如丹和几位年轻人的中间地带。保吉一边吃着咖喱饭，一边琢磨着：这真是个讨厌的家伙呢。如果是在泉镜花的小说中，这家伙保准会遭到侠义的艺妓的惩治吧。不过，他又转念一想，毕竟现代的日本桥再也不可能重现镜花小说中的情景了。

那顾客在点完菜以后，又骄横地燃起了香烟。那模样越看越让人觉得，他恰好适合扮演敌人的角色。他那油光发亮的红脸自不用说，就连他身上穿的那用大岛绸做成的短外褂、醒目的戒指，等等——这一切都没有逃脱那种固定的模式。保吉越想越恼火，为了忘记这个顾客的存在，他只好跟旁边的露柴搭讪，但露柴只是"嗯嗯唔唔"地敷衍着。不仅如此，他仿佛也深感恼怒似的，索性背对着灯光，故意把鸭舌帽向前面扣得很低很低。

保吉出于无奈，只好和风中、如丹聊起了食物的话题，但不知为何总是感到索然无趣。自从这个肥胖的顾客出现以后，三个人的心情都出现了某种奇妙的变化，俨然失去了控制，这的确是一个无可奈何的事实。

等自己点的油炸菜上来之后，那个顾客很快举起了正宗酒的酒瓶，打算斟进酒杯里。这时突然有人从旁边清晰地叫了一声："阿幸！"显然，那顾客大吃了一惊。等看清那声音的主人，他脸上的震惊顷刻间化作了困惑和窘迫。"哇，这不是主人吗？"那顾客脱下帽，三番五次地向方才那个声音的主人鞠躬敬礼。原来，那声音乃是出自俳人露柴——即河岸上丸清的主人之口。

"好久不见了！"露柴一副若无其事的样子，把酒杯凑近自己的嘴边。里面的酒刚一喝完，那个顾客就不失时机地把自己酒瓶里的酒给露柴斟上了。然后，他开始一个劲儿地讨好着露柴，那副模样在旁人眼里甚至充满了滑稽的色彩……

镜花的小说并没有作古。至少在这东京的鱼市河岸上，仍旧发生着同样的事。

但是，当走出那家洋食餐馆之后，保吉的心却异样地沉郁起来。不用说，保吉对那个阿幸并没有丝毫的同情。听露柴说，他原本就不是一个人品好的人。尽管如此，奇怪的是，自己就是没法快活起来。在自己书斋的桌子上，还放着那本没有读完的拉罗什富科[1]语录呢 —— 保吉踏着月光，不知何时想到了这个。

大正十一年（1922）七月

（唐先容　译）

---

1　拉罗什富科（La Rochefoucauld，1613—1680），法国古典作家、政治家。

阿富的贞操

　　明治元年（1868）五月十四日下午。"明日拂晓，官军行将进攻东睿山彰义队。上野一带居民，务须紧急撤离。"——这一通告发布的时候，已是下午了。下谷町二条的小杂货店，古河屋政兵卫家撤走后，只留下一只大公花猫，静静地趴在厨房的角落里，面对着一只鲍鱼壳。

　　家中门窗紧闭，一过午后，四处黑黢黢的，听不到一点儿人声，唯有连日不断的雨声。看不见的房檐上，忽而暴雨如注，忽而不知什么工夫，声音又消失在半空里了。每当雨声一大，那大花猫就睁圆一对琥珀色的眼睛，在连炉灶都看不清的厨房里，此时便有两道瘆人的磷光。等知道是哗哗的雨声，没有别的动静，猫儿便又一动不动，把眼睛眯缝起来。

这样接连几次，猫大概终于睡着了，眼睛连睁都不睁了。雨依旧是紧一阵慢一阵。八点，八点半——时间在雨声中渐渐移到了黄昏。

将近七点时，大花猫忽然被什么惊醒，睁开眼睛，竖起了耳朵。雨比方才小多了，只有轿夫跑过大街的声音——此外，别无动静。但是，沉寂了几秒钟后，原来黑暗的厨房里，不知不觉有了一点儿蒙蒙亮。狭窄地板上的灶台，没有盖的水缸里的水光，供灶神的松枝，还有拉天窗的绳子——这些东西一件都能看清了。大花猫越发不安起来，瞪着开了一条门缝的厨房门口，慢慢站起肥大的身躯。

开门的——不但厨房门，连格子拉门也打开了——是一个被雨淋得像落汤鸡似的叫花子。他先把包着旧汗巾的脑袋伸进来，侧耳听了一会儿屋里的动静，认准了屋里静悄悄的没人，才偷偷溜进厨房。只有身上裹的席子是簇新的，雨淋湿的印子还很分明。猫塌下耳朵，倒退了两三步。

但叫花子并不惊慌，反手关好拉门，慢慢摘掉头上的汗巾，露出满脸的毛胡子，脸上还贴了两三块膏药，虽说脏污黢黑，长相倒也说得过去。

"花花，花花。"

叫花子甩掉头发上的雨，擦去脸上的水珠，小声叫着猫的名字。大花猫像是熟悉这声音，将塌下的耳朵又竖了起来，但仍站在那里，猜疑的目光不时盯住他的脸。叫花子扒掉席子，扑通一下盘腿坐在了猫面前，两条泥腿连肉都看不见。

"花花，怎么啦？——这儿一个人都没有，看来是把你丢下不管了。"

叫花子独自笑着，伸出大手摸着猫脑袋。猫要逃，却没有逃，反而坐下来，慢慢眯起了眼睛。叫花子摸完猫，从旧单褂的怀兜里，掏出油光锃亮的手枪，在昏暗的光线下，检查扳机。周遭充满战争的气氛，一个叫花子在空荡无人的厨房里摆弄着手枪——这少见的光景倒真像小说的情节。猫像是洞察这一切秘密似的，照旧眯起眼弓着背，冷然坐在那里不动。

"等到明天呀，花花，这一带可就是枪林弹雨喽。挨上一颗，就没命了。明天一天，别管外面多乱，都要藏在廊檐下面，知道了吗……"

叫花子察看着枪，不时和猫说着话。

"咱们也算是老交情啦。今天就此道别，明天你可是大难临头啦，我说不定也会送命。要是命大不死，以后也不会同你一起捡垃圾了。这回你高兴了吧？"

这工夫雨又淅沥沥地下了起来，乌云压向屋顶，瓦上雾气溟蒙。厨房里昏暗的光线越发微弱下来，但叫花子头也不抬，只管察看手枪，然后小心翼翼装上子弹。

"要么，你是舍不得同我分手？算啦，都说猫不记三年恩，我看你这东西也靠不住——哎呀，这种事也无所谓啦。只是，如果我不在了……"

叫花子忽然闭了嘴。门外有动静，好像有人走过来。他揣起手枪，同时回过头去。不但如此，厨房的拉门也同时哗啦一声打开了。霎时间，叫花子拉开架势，同闯进来的人正四目相对。

开门的人，冷不防看到叫花子，反而吓了一跳，轻轻"啊"了一声。那是个光脚、提把大黑伞的年轻女子。她本能地又跑回雨里，好不容易从惊慌之中壮起胆子，透过厨房微弱的光线，死死盯住叫花子的脸。

叫花子也愣住了，旧单裰里支起一条腿，死死瞪着对方，不过眼神已没有刚才那么紧张了。一时间两人一声不出，大眼瞪小眼地互望着。

"我当是谁呢，这不是老新吗？"

她略微镇定下来，和叫花子搭话道。叫花子咧开嘴笑着，向她再三低头。

"抱歉抱歉。雨太大了，屋里没人也只好进来了——我可不是改行来偷东西的呀。"

"吓死我了，真是的——就是不偷东西，也不该这么厚脸皮呀。"

她甩了甩雨伞上的水，又气呼呼地补上一句：

"快出来！我要进屋啦。"

"好，马上走。你不赶，我也要走的。大姐，你不撤离吗？"

"已经撤了。可是撤了又——这关你什么事儿？"

"是落下了什么东西吧——哎哟，快进来吧，站在那儿要淋雨了。"

她仍是气呼呼的，对叫花子的话理都不理，坐在门口的地板上，把泥脚伸进水池，用水哗哗地冲起脚来。叫花子若无其事地盘腿坐着，手摩挲着胡子拉碴的下巴，目不转睛地看着她的一举一动。她肤色略黑，鼻梁旁长了几点雀斑，一个地道的乡下姑娘。一身打扮也是女佣常穿的土布单褂，只系了一条小仓布腰带。她长得眉眼生动，身体结实，说不上哪儿有那么一股俏劲儿，会让人想起鲜桃嫩梨之类的。

"时局这么紧，还跑回来取东西，准是落下什么要紧的东西了。落下什么了？哎，小姐——阿富。"老新盯着她问道。

"你管！你倒是快点给我出去呀！"

阿富没好气地顶了他一句，突然像又改了主

意，抬头看看老新，一本正经地问道：

"老新，看见我们家花花了么？"

"花花？花花刚才还在这里——咦，跑到哪儿去了？"

叫花子朝四处看了看。不知什么工夫，猫已跑到搁板上，趴在擂钵和铁锅之间。阿富和老新同时发现了这只猫。她扔下水勺，好像忘了有老新这个人，连忙上了地板，开心地笑着，招唤起搁板上的猫来。

老新的目光从搁板上昏暗的猫身上转了过来，纳闷地看着阿富。

"猫么？阿富姐，落的东西敢情是猫呀！"

"是猫又怎么啦？——花花，花花，来，快下来。"

老新扑哧一声笑起来，那笑声在哗哗的雨声中，听着很疹人。阿富气得满脸通红，劈头大骂起来。

"有什么好笑的？我们太太把花花落下了，都快急疯了。直念叨，花花要是给打死了可怎么好，哭个没完没了。我也觉得怪可怜的，就冒着雨特地跑回来——"

"好了好了，我不笑就是。"

可是，老新还是笑个没完，打断阿富的话说：

"我不笑啦。可你想想，明天就要打仗了，大不了一两只猫罢了——想来想去总觉得好笑。虽说是当着你的面，但你们老板娘小气到这么不懂事的地步，真是少有呀。首先，为找这只花猫……"

"闭嘴！我不要听你说我们太太的坏话！"

阿富气得直跺脚。可叫花子并没给吓住，眼睛反而放肆地在她身上溜来溜去。那时她浑身流露出一种野性的美。淋湿的和服和衬裙——无论往哪儿看，都紧紧贴在身上，清清楚楚勾勒出她的体形，一望便知，是充满青春活力的处女之身。老新不眨眼地盯着她，仍是带笑接下去说道：

"首先她该明白，就算要找这只花猫，也不该把你打发回来，你说是不是？现在上野一带的人家全撤走了，街上这些房子虽说还在，也等于一座空城。当然喽，狼倒未必有，可是也没准碰到什么危险——这话总不会错吧。"

"与其操那份心，不如趁早给我把猫逮住。再说，这会儿又没打起来，有什么危险的。"

"这可不是闹着玩儿的。年轻轻的姑娘家，单身走在路上，如果这种时候不危险，什么时候危险？直说了吧，这儿可就你跟我两个人，万一我对你起了歪心，我看你怎么办？"

老新的口气又像开玩笑，又像当真，叫人摸不透。可是阿富一双亮晶晶的眼睛，连一丝恐惧的影子也看不到，只是脸上比刚才更红了。

"怎么？老新——你想吓唬我是么？"

倒是阿富自己要吓唬老新似的往前凑上一步。

"吓唬你？要光是吓唬吓唬倒好咧。这年头，带肩章的坏蛋多得是，何况我一个要饭的。并不见得光是吓唬吓唬你，要是我真起了歪心的话……"

老新话没说完，头上就挨了一记。不知什么

工夫，阿富已经在他面前挥起了大黑伞。

"看你还敢胡说八道！"

阿富举伞又朝老新头上狠狠揍下去。老新连忙一躲，伞打在旧单褂的肩膀上。这一闹，吓得大花猫碰掉了一只铁锅，蹿到灶神架上。连供灶神的松枝和油灯盘儿，也接连滚落到老新身上。老新又挨了阿富几雨伞，才好不容易站起来。

"你这个畜生！你这个畜生！"

阿富连连挥动着雨伞。老新挨着打，终于夺过伞，一扔，猛地扑向阿富，俩人在狭窄的地板上扭作一团。正打得不可开交，大雨这时又狂击厨房的屋顶，随着雨声加大，光线也眼见着暗了下去。老新给她又打又抓，却不管三七二十一，执意要把她扭住按倒。可是几次都没有成功，刚要按住，她却突然像弹簧似的跳到了门口。

"这臭丫头……"

老新靠在拉门上，一动不动地盯着阿富。

阿富的头发不知什么时候散开了，精疲力尽地坐到地板上，掏出腰里的剃刀，倒握在手里，脸上带着股杀气，却又有种说不出的冷艳，像那只端坐在灶神架上的猫儿。两人一声不响，互相刺探对方的眼神。过了一会儿，老新故意冷笑一声，从怀里掏出方才那把枪。

"哼哼，看你老实不老实。"

枪慢慢对准了阿富的胸口。尽管如此，阿富只是气愤地盯着老新的脸，死也不开口。老新看她不吵不闹，像又改了主意，把枪指向了上面。上面黑影里，闪着一双琥珀色的猫眼。

"怎么样？阿富……"老新有意逗她着急，含笑说，"这枪砰地一响，那猫儿可就大头朝下滚下来啦。你也跑不了，跟它一样。你说好不好？"

扳机眼看要扣了下去。

"老新！"阿富忽然大叫一声，"不行，不能开枪。"

老新回头看着阿富，枪口却仍对着大花猫。

"不行？我就知道嘛。"

"打死它多可怜，你就放过花花吧。"

阿富的神情一反方才，两眼满是担忧，嘴唇

微微颤抖，露出细细白白的牙齿。老新半是嘲讽，半是诧异，望着她的面庞，呆了半晌才放下枪。这时，阿富脸上露出放心的神色。

"好吧，猫我就放过它。代价嘛……"老新竟出言不逊地说，"得用你的身子来换。"

阿富避开了他的目光。一时间她心乱如麻，燃起憎恨、愤怒、厌恶、悲哀以及其他种种感情。老新留神看她情绪的变化，侧身绕到她身后，打开饭厅拉门。饭厅当然比厨房更暗，但主人撤走后，留下的碗橱、长火钵，依然看得分明。老新站在那里一动不动，目光落在阿富微微冒汗的脖子上。阿富像是有所感觉，扭过身，抬头望着身后老新的脸。不知什么工夫，脸上又和方才一模一样，恢复了生气勃勃的神情。老新倒狼狈起来，眨了一下眼，蓦地又把枪口对准猫。

"不，人家不要你开枪嘛——"

阿富拦住他，同时把手里的剃刀扔到地板上。

"不开枪，你就过去。"

老新一副皮笑肉不笑的样子。

"讨厌鬼!"

阿富恨得牙痒痒地嘟囔着,突然站起来,豁出去似的快步走进饭厅。老新见她这样干脆,倒多少有些意外。这时雨声渐歇,云中还露出了晚霞,昏暗的厨房渐渐亮了起来。老新站在那里,留神倾听饭厅里的动静——解开小仓布腰带的声音,躺到席子上的声音——然后,饭厅里一片寂然。

老新犹疑片刻,走进微明的饭厅。饭厅正中,阿富仰面躺着,一动不动,用袖子遮住了脸。老新一见这场面,便反身逃回厨房,脸上的表情说不出的奇怪,既像是嫌恶,又像是害羞。他回到厨房,仍是背对着饭厅,不由得苦笑起来。

"开玩笑呢,阿富。跟你开玩笑呢,快出来吧……"

几分钟后,阿富怀里揣着猫,一手拿着伞,和披着破席子的老新,轻松地说着话。

"阿富,有件事倒想问问你。"

老新仍旧有些难为情，不敢去看阿富的脸。

"什么呀？"

"不是什么大事。一个女人委身于人，这可是终身的大事呀。可是阿富，你却用它去换一只猫，这不太胡来了吗？"老新停了停。阿富只是笑，摸着怀里的猫。

"这猫就那么可爱吗？"

"花花当然可爱啦……"

阿富回答得很暧昧。

"你忠心事主，在这一带是出了名的。花花给打死了，你觉得对不住你们家太太——你是不是担心这个？"

"嗯，花花当然好可爱啦。太太么，也是顶要紧的呀。只是我——"阿富歪着头，眼睛望向远处，"怎么说呢，当时只是觉得，要不那样，心里就过意不去。"

又过了几分钟，只剩下老新一个人，手抱着包在旧褂子里的膝盖，呆呆地坐在厨房里。在淅淅沥沥的雨声中，暮色渐渐逼近屋内。天窗上的绳子，水池边的水瓶，通通消失不见了。这当儿，上野的钟声在阴云密布的天空里一下一下沉重地回荡。老新猛然一惊，向鸦雀无声的四周扫了一眼，摸索着下了地，从水池里满满舀起一勺水。

"村上新三郎呀，源氏门中的繁光[1]，今天算是栽了。"

他嘴里嘟囔着，痛快地喝着黄昏中的水……

明治二十三年三月二十六日，阿富和丈夫及三个孩子走在上野的广小路上。

那天正好是在竹台举行的第三届全国博览会开幕式的日子，黑门一带的樱花也多半都开了。广小路上人来人往，水泄不通。参加完开幕式的马车、人力车的队列，不断从上野方向涌来——前田正名、田口卯吉、涩泽荣一、辻新次、冈仓觉三、下条正雄[2]——一干人所乘的马车，也挤在人流里。

---

1　表示老新出身名门，村上源氏为历代的阀阅世家。

2　上述人名皆为明治初期的社会名流。

阿富的男人，怀里抱着五岁的小儿子，下摆给大儿子手拽着，在眼花缭乱的人行道上，躲闪着来往行人，还不放心地时时回头望一眼身后的阿富。阿富拉着大女儿，每每向丈夫粲然一笑。当然，二十年的岁月，使她有点儿见老，但是一双明媚的眸子却和从前没什么两样。明治四五年前后，她嫁给了古河屋政兵卫的外甥——现在的男人。男人那时在横滨，而今在银座的某条街里，开一家小小的钟表店……

阿富偶然抬起头。一辆双驾马车恰好驶过身边，悠然自得坐在车里的，正是老新。老新——如今的老新，头盔上插着鸵鸟毛，堂皇威严的辫带上垂着金穗，佩戴有大大小小的勋章，身上挂满了各种荣誉的标记。但长着花白胡子的那张红脸膛朝这边望了过来，正是当年那个叫花子。阿富不由得放慢了脚步。奇怪的是，她并不觉得意外。老新绝不是一个普通的叫花子——不知为什么，她一直这么认为。是因为他的长相么？他说的话么？还是因为他拿的那把枪？反正她就是知道。阿富眉毛都不动一动，定定地望着他。不知是故意呢，还是偶然，老新也看着阿富。刹那间，二十年前那个雨天的记忆，痛苦地浮现在阿富眼前。那天，为了救一只猫，她轻率地要委身于老新。是什么动机，她自己也不明白。而老新，在那种窘境之下，对她奉献的身体，连根指头都没碰一碰。他又是怎么想的呢？她也不知道。不管她知不知道，对阿富来说，这都是理所当然的。马车擦身而过时，她觉得心里轻松起来。

老新的马车过后，阿富的男人在拥挤的人群里，又回过头来看她。看到他的脸，她跟刚才一样，若无其事地向他微笑，仍然那么生气勃勃，快快活活的……

大正十一年（1922）八月

（罗嘉　译）

三件珍宝

一

　　森林中，三个强盗正在争夺珍宝。所谓的珍宝，乃是纵身一跳即能飞越千里的长靴、穿在身上便能隐身的斗篷和即便是铁器也能砍成两半的利剑——但乍一看，每一样珍宝都如同陈旧的工具。

**第一个强盗**　将那件斗篷给我拿过来！

**第二个强盗**　少说废话！将那把剑给我拿过来！

　　　　　　　——哇，是谁偷了我的长靴？

**第三个强盗**　这长靴不是我的吗？你才偷了我的东西呢！

**第一个强盗** 好吧好吧，那我就先收下这斗篷了。

**第二个强盗** 你这个畜生！怎么能把斗篷交给你呢！

**第一个强盗** 居然胆敢揍我！——什么，我的剑也被人偷了！

**第三个强盗** 什么呀，你这个偷窃斗篷的强盗！


于是，三个人开始了大声争执。这时，王子独自从林中的路上策马而过。


**王子** 喂，喂，你们在干吗呀？

（随即从马上纵身跳下）

**第一个强盗** 什么？还不是怪这家伙呗。不仅偷了我的剑，还让我把斗篷交给他，所以才……

**第三个强盗** 不，都是他不好。那斗篷是他从我这儿偷去的。

**第二个强盗** 不对，他们两个才是大强盗呢。要知道，这些东西原本都是我的。

**第一个强盗**  你撒谎!

**第二个强盗**  你这个信口雌黄的家伙!

　　三个人又开始争执起来。

**王子**  等等! 充其量不就是一件破旧的斗篷和一双开着窟窿的长靴吗? 谁拿去不都无所谓吗?

**第二个强盗**  不, 才没那么简单呢。要知道, 这可是一件穿上就可以隐身的斗篷。

**第一个强盗**  只要用这把剑, 无论什么样的钢盔铁甲, 都可以劈成两半。

**第三个强盗**  只要穿上这双长靴, 就能一步千里。

**王子**  如果真是那样的稀世珍宝, 那么发生争执也就情有可原了。不过, 既然如此, 那就不要太过贪婪, 一人分一件不好吗?

**第二个强盗**  你不妨试试看。那样一来, 我的脑袋不知道啥时候就断在那把利剑下了。

**第一个强盗** 不，更让人为难的是，一旦有人披上了那件斗篷，不知道有多少东西会遭殃受害。

**第二个强盗** 不对，不管他偷了什么，只要不穿上那双长靴也就不可能逃之夭夭。

**王子** 那倒的确不失为一个理由。我这就和大家合计合计，看你们是不是把东西全都卖给我？这样一来，也就没什么可担心的了。

**第一个强盗** 怎么样，把东西全都卖给这位大人？

**第三个强盗** 的确，这倒不是一个坏主意。

**第二个强盗** 那就得看价钱如何了。

**王子** 至于价钱嘛——对了，作为那件斗篷的补偿，我就把身上这件红斗篷送给你们。瞧，上面还镶着刺绣花边呢。然后，我用这双带有宝石的靴子来换取你们那双长靴，再用这把黄金铸造的利剑来换取你们那把剑。这样一来，你们也就没什么吃亏的了吧。怎么样，这个价钱？

**第二个强盗**　那我就用这件斗篷来换你的吧。

**第一个强盗和第三个强盗**　我们也没什么可挑剔的。

**王子**　那就交换吧。

　　交换了斗篷、利剑、长靴之后，王子又翻身上马，在林中的路上继续前行。

**王子**　这前面有客栈吗？

**第一个强盗**　只要一走出森林，就有一家店名叫"黄金角笛"的客栈。好吧，那你就多加保重了。

**王子**　是吗？那么，后会有期了。（离开）

**第三个强盗**　真是一笔合算的买卖。我可没想到，那双长靴居然能换到这样的靴子。你们瞧瞧，这马刺上竟然带着金刚石呢。

**第二个强盗**　我的斗篷不是也很棒吗？穿上它，看起来不就像一个王爷吗？

**第一个强盗**　这把剑也同样非同小可呢。首先，剑柄和剑鞘都是黄金做的——不过，这么容易就上当受骗了，说来那王子不也够傻的吗？

**第二个强盗**　嘘！俗话说隔墙有耳，不可不防。我们还是到什么地方去喝一杯吧。

　　于是三个人一边讪笑着，一边朝着与王子相反的道路走去。

## 二

　　在客栈"黄金角笛"的酒馆里，王子正在角落里嚼着面包。除了王子，另外还有七八个客人——看起来全都是村里的农夫。

**客栈主人**　据说不久就要举行公主的婚礼了。

**第一个农夫**　是听说有这么回事。据说驸马还是一个黑人国王呢。

**第二个农夫**　但听人说，公主特别讨厌那个国王。

**第一个农夫**　既然讨厌，那就别结婚了。

**主人**　不过，据传那黑人国王拥有三件稀世珍宝。第一件是一双一跃千里的长靴，第二件是把铁器也能劈成两半的利剑，而第三件嘛，则是能够隐身的斗篷——据说他将如数奉送这三件珍宝，所以我们贪婪的国王就一口应承了这门婚事。

**第二个农夫**　而可怜的就只有公主一个人了。

**第一个农夫**　难道没有人肯去拯救公主吗？

**主人**　不，据说各个国家的王子中也不乏那样的人存在，但无奈都不是黑人国王的对手，所以也就只好忍气吞声了呗。

**第二个农夫**　而且，据说贪婪的国王害怕有人掳走公主，还特意派遣了一条巨龙来看守着她。

**主人**　　算了，才不是什么龙呢，不过就是士兵罢了。

**第一个农夫**　如果我能使用魔法的话，肯定会第一个站出来解救公主。

**主人**　　这还有什么可说的。如果我也会魔法的话，哪里还轮得上你呢？

众人大笑起来。

**王子**　　（突然朝大伙儿中间跑过去）好的，你们不用担心！我一定会去救她的。

**众人**　　（不胜惊讶地）你去？

**王子**　　是的。黑人国王什么的，随他来多少好啦！（他交叉起双手，环视着四周）我会一个一个制服他们的。

**主人**　　不过，据说他拥有三件稀世珍宝。

第一件是一跃千里的长靴，第二件是……

**王子** 不就是把铁器也能劈成两半的利剑吗？那种东西我也有。你俩瞧瞧这长靴，这利剑！再瞧瞧这破旧的斗篷！全都是和黑人国王的东西不相上下的珍宝。

**众人** （再次愕然地）就是那双靴子？那把剑？还有那件斗篷？

**主人** （颇为怀疑地）但那双长靴不是开着窟窿么？

**王子** 是的，它是开着窟窿。但即使开着窟窿，也照样能一跃千里。

**主人** 真的？

**王子** （面带怜悯的神情）或许你们会认为我是在撒谎。好吧，那我就飞给你们看看，请把门给我打开吧。准备好了吗？要知道，我一旦跳将起来，转眼间就会消失不见的。

62

| 主人 | 此前，能否请你先结清饭钱呢？ |
|---|---|
| 王子 | 什么呀，我马上就会回来的。给你们带点什么礼物好呢？是意大利的石榴，还是西班牙的香瓜？抑或更加遥远的阿拉伯的无花果？ |
| 主人 | 只要是礼物，什么都行啊。快飞起来让我们瞧瞧吧。 |
| 王子 | 那么，我这就飞了哟。一、二、三！ |

王子纵身一跳，不料还没有跳到门口，就一屁股跌倒在地上。众人齐声捧腹大笑。

| 主人 | 我就琢磨着会是这样的。 |
|---|---|
| 第一个农夫 | 还奢谈什么一跃千里，结果还没有跳出两三间[1]远呢。 |
| 第二个农夫 | 什么呀，人家就是飞越了千里呗。先飞出一千里，然后又飞回一千 |

---

1 日本的长度单位，一间约合 1.818 米。

里，这样一来就又回到原来的地方了呗。

**第一个农夫**　开什么玩笑！怎么会有那种蠢事呢？

众人一齐哄堂大笑。王子悻悻地欠身起来，准备朝酒馆外面走去。

**主人**　　　　喂，请您先付完账再走！

王子一声不吭地把钱扔给店主人。

**第二个农夫**　你带的礼物呢？

**王子**　　　　（把手搭在剑柄上）你说什么？

**第二个农夫**　（面带胆怯之色）不，我什么也没说。（自言自语一般）或许只有那把剑还真能砍掉人的脑袋吧。

**主人**　　　　（安慰人似的）哎，你年纪尚轻，姑且先回你父王的国度去吧。无论你怎么拼命折腾，也断然不是那个黑人国王的对手。人无论干什么都得量力而行呀。谨慎行事，才是上策。

**众人**　　你就听我们的吧，我们都是为你好。

**王子**　　我一直以为自己无所不能，可是，（突然泪流满面）却在你们面前丢尽了脸面。（用手遮住自己的脸）啊，我真恨不得从你们面前倏然消失。

**第一个农夫**　那就再披上那件斗篷试试！没准眨眼工夫你就会消失不见的。

**王子**　　畜生！（气恼得直跺脚）好啊，就随你们蔑视我好啦！我一定会从黑人国王手里救出那个可怜的公主。虽然长靴不能飞越千里，但我手里还握着剑呢。再说，还有斗篷——（咬牙切齿地）不，就算是赤手空拳，我也要救出公主让你们瞧瞧。到时你们可千万别后悔。

**主人**　　真让人担心啊。只要不死在黑人国王手里，就算是万幸了……

# 三

王宫的庭园。在蔷薇花丛中，只见喷水池迸射出一道道水柱。刚开始这儿阒无人影，片刻之后，出现了穿着斗篷的王子。

**王子**　看来，一穿上这斗篷，就马上有了隐身的作用。这不，刚才我穿过城门进来之后，不仅遇到了士兵，也遇到了侍女，可谁也没有过来盘问我。只要一穿上这斗篷，就可以像吹拂着眼前这些蔷薇花的清风一般，翩然进入公主的房间吧。——哇，从那边走过来的，不就是传说中的公主吗？赶快躲到什么地方去吧——这是干吗？哪有这样的必要呢？即便我站在这里，公主的眼睛不是也看不见我吗？

公主走到喷水池边，不胜悲凉地叹息着。

| | |
|---|---|
| **公主** | 我是多么不幸啊！再过不到一周，我就会被那个可恨的黑人国王带到非洲去，就是那狮子和鳄鱼大肆猖獗的非洲。（一边在草坪上席地而坐）我想永远都待在这座城堡里，在蔷薇花丛中倾听这水柱喷发时的优美声音。 |
| **王子** | 多美的公主啊！纵然舍弃生命，我也要拯救她。 |
| **公主** | （惊讶地凝视着王子）你，是谁呀？ |
| **王子** | （自言自语似的）哇，糟糕！都怪我自己，我不该说出声来！ |
| **公主** | 不该说出声来？这该不会是个疯子吧？虽说长着一张可爱的脸…… |
| **王子** | 脸？莫非你能看见我的脸？ |
| **公主** | 当然能看见。你觉得这有什么不可思议的呢？ |
| **王子** | 也能看见这斗篷吗？ |
| **公主** | 嗯，那不是一件破烂不堪的斗篷吗？ |
| **王子** | （非常沮丧地）可是，你应该看不见 |

我的呀。

公主　　（一副愕然的神情）为什么？

王子　　因为这是一件穿上就能隐身的斗篷呗。

公主　　你说的是那个黑人国王的斗篷吧？

王子　　不，我身上这件斗篷也是一样的。

公主　　但是，不是照样能看见你吗？

王子　　可刚才碰到那些士兵和侍女时，的确是起到了隐身作用的呀。证据就是，无论碰到谁，都没有一个人过来盘问我。

公主　　（笑了起来）那有什么奇怪的呢？穿着那么破旧的斗篷，肯定是被当作用人了吧。

王子　　用人？（颓丧地坐在了地上）哎，结果就跟这长靴一个样。

公主　　这长靴又怎么啦？

王子　　这也是所谓能够一跃千里的长靴呢。

公主　　就和那个黑人国王的长靴一样？

| | |
|---|---|
| **王子** | 是的。——可是，不久前我纵身一跳，才跳了不到两三间。瞧，这儿还有一把剑。它原本能够把铁器一刀两断，可…… |
| **公主** | 那你何不试试看？ |
| **王子** | 不，在砍掉黑人国王的脑袋之前，我打算什么也不试了。 |
| **公主** | 喔，原来你是来和黑人国王一比高低的呀？ |
| **王子** | 不，不是一比高低，而是来拯救你的。 |
| **公主** | 真的？ |
| **王子** | 当然是真的。 |
| **公主** | 啊，我太高兴了！ |

突然，黑人国王出现了。王子和公主不禁一阵愕然。

| | |
|---|---|
| **黑人国王** | 你们好！刚才我纵身一跳，就从非洲赶了过来。怎么样，我这双长靴的 |

魔力？

**公主** （表情冷淡地）那你就再跳一次，再回到非洲去吧！

**黑人国王** 不，今天我想和你好好谈谈。（看着王子）这个男侍是谁？

**王子** 男侍？（怒气冲冲地站起身来）我是王子，是专门来拯救公主的王子。只要我还在这儿，就决不让你动公主一根指头。

**黑人国王** （故作恭敬地）我可是有着三件稀世宝呢，这你总该知道吧？

**王子** 不就是利剑、长靴和斗篷吗？诚然，我的长靴还飞不出一町[1]，但若是和公主在一起，即便穿的是同一双靴子，那么一下子飞出一千里或两千里，也是不足为奇的。再看看这斗篷！我之所以能够被当作男侍，潜入公主的身

---

1　日本旧时的距离单位，约合 109 米。

边，也是多亏了这件斗篷。至少可以说，它隐去了我的王子身份。

**黑人国王** （面带嘲讽）真是口吐狂言！就让你见识见识我斗篷的魔力吧！（穿着斗篷，消失了）

**公主** （拍着双手）啊，他不见了。只要他一消失，我就开心得不得了。

**王子** 有那种斗篷，也真够方便的，仿佛是特意为我俩制作的一样。

**黑人国王** （突然出现，恼羞成怒地）是的，就好像是特意为你们制作的一样，而对于我来说，却毫无用处。（一下子扔掉了斗篷）但是，我却拥有这把利剑。（蓦地，用眼睛狠狠地瞪着王子）你想夺走我的幸福，那我们就光明正大地决斗吧。我的利剑连铁器都能劈成两半，当然，你的脑袋更是不在话下了。（随手拔出了利剑）

**公主** （迅速站起身来保护着王子）如果是

铁器都能劈成两半的利剑，也就理所当然能够戳穿我的胸膛吧。好啊，你就朝我动手呀！

**黑人国王**　　（胆怯地退缩着）不，它不能用来对付你。

**公主**　　　　（嘲笑着）连这胸膛都无法戳穿，居然还扬言能斩断铁器！

**王子**　　　　等等！（制止住公主）国王说的话不无道理。国王乃是我的敌人，所以，就只能我们俩光明正大地决斗。（对着国王）来吧，我们马上决斗一场吧！（拔出剑来）

**黑人国王**　　年纪虽轻，却不愧为一个令人佩服的好男儿。准备好了吗？要知道，一旦被我的利剑刺中，你可就没命了。

　　王子和黑人国王两剑对峙。忽然，国王的利剑就如同砍断一根拐杖一般，轻而易举便斩断了王子手中的剑。

**黑人国王**　怎么样？

**王子**　　　没错，我的剑的确是被斩断了，可此刻的我，却像这样站在你面前微笑着。

**黑人国王**　那么，你还想继续决斗吗？

**王子**　　　当然。来吧！过来呀！

**黑人国王**　已经不用决斗了，（他突然把剑撂在地上）获胜的人是你。看来我的剑毫无用处。

**王子**　　　（不可思议地打量着国王）为什么？

**黑人国王**　为什么？如果我杀了你，就只能越发激起公主的仇恨。这一点你都不明白吗？

**王子**　　　不，我明白。不过，我原以为你是不懂这一点的。

**黑人国王**　（陷入沉思之中）我原以为，只要有三件珍宝，就能够得到公主。但这种想法看来是一个错误。

**王子**　　　（把手搭在国王肩上）我也曾以为，

只要有三件珍宝，就能够拯救公主。但现在看来，我的想法也是错误的。

**黑人国王** 是啊，我们俩都错了。（牵起王子的手）来吧，让我们重归于好吧。请你原谅我的失礼。

**王子** 也请你原谅我的失礼。事到如今，好像根本就无法判断，究竟是你战胜了我，还是我战胜了你。

**黑人国王** 不，是你战胜了我。而我又战胜了我自己。（对着公主）我这就回非洲去，请你放心好了。王子的剑虽然没有斩断铁器，但却刺破了我那比钢铁还要坚硬的心。为庆祝你们的婚礼，我愿意献上利剑、长靴和斗篷这三件珍宝。有了这三件珍宝，我想这个世界上就不会有敌人来与你们作对了，但倘若还是出现了某个狗胆包天的坏蛋，那就请你们捎信到我的国家来吧。无论什么时候，我都会率领百万黑人骑兵，从非洲赶来讨伐你们的敌人。（面带悲戚的表情）要知道，为了迎候你，我特意在非洲的都城中央修建了大理石的宫殿，宫殿四周到处都盛开着莲花。（对着王子）请你穿上这长靴，经常来做客吧。

**王子**　　我一定会去做客的。

**公主**　　（一边在黑人国王的胸前插上蔷薇花）我做了对不起你的事情。我做梦都没有想到，你是一个如此善良的人。请你宽恕我吧，真的，我对不住你。（她倚靠在国王的胸前，像个孩子似的哭了起来）

**黑人国王**　　（一边抚摸着公主的头发）谢谢，谢谢你肯这么说。我可不是什么恶魔，恶魔般的黑人国王只存在于童话故事之中，（对着王子）难道不是吗？

**王子**　　是的。（面对着观众）诸位！我们三人都已经恍然大悟：所谓恶魔般的黑人国王和拥有三件珍宝的王子，其实都只可能存在于童话故事中。既然我们已经幡然醒悟，那就不可能一直驻守在童话故事的国度里。瞧，一个更加辽阔的世界正从雾霭中展现在我们的面前。让我们一起走出这有着蔷薇花和喷水池的世界，迈向那辽阔的世界吧！更加辽阔的世界！更加丑陋、更加美丽——更加庞大的童话世界！在那个世界里等待着我们的，究竟是痛苦，还是快乐，我们根本无从知道。我们只知道，自己只能像英勇的士兵那样，朝着那个世界不断挺进。

大正十一年（1922）十二月

（唐先容　译）

偶

人

揭开旧木箱，一对偶人两相望，此颜岂
能忘？

——芜村[1]

这是一个老妪讲述的往事：

……约定把偶人卖给横滨的一个美国人，还
是在十一月份左右的事情。我们家名叫纪之国屋，
祖辈好几代都经营着为各个大名筹集资金的钱庄。
特别是我那名叫紫竹的祖父，甚至被誉为精通冶
游之道的风流之士。所以，尽管偶人后来传到了
像我这样的人手里，但它本身却制作得相当精致

---

1　与谢芜村（1716—1783），江户中期的俳人、画家。此俳句见于
　　几董编《芜村句集》上卷春之部分。

和考究。说来，这对做成天皇和皇后模样的偶人，真可谓不同凡响，比如女偶人头冠上的璎珞里就镶嵌着珊瑚，而男偶人那丝织的衣带上还交错地绣上了家徽和副徽——总之，是一组非同寻常的偶人。

可是，就连这样的偶人也要出手卖掉，由此可以大致想见，作为第十二代纪之国屋伊兵卫的父亲，当时手头该有多么拮据。自从德川家族瓦解以后，大名降低所征款项的藩国，说来也就只有加贺藩了，但也只是从原来的三千两中削减了区区一百两而已。更有甚者，作为借走四百两的担保，因幡藩竟然只抵押了一个赤间砚[1]。再说，我们家又遭遇了两三次火灾，而经营蝙蝠阳伞的生意也有些失算，为了一家人能够糊口，父亲几乎把家里所有值钱的家什都一一变卖了。

正是在这样的当口，有人出面奉劝我父亲卖掉偶人——他就是如今已成故人的丸佐古董店的

---

1　一种日本名砚。

秃顶主人，没有比这个名叫丸佐的秃头更滑稽可笑的人了。在他脑袋的中央，有着一块像是按摩膏大小的文身。据他说，这是他在年轻时，为了遮掩自己微谢的头顶而专门让人文上的，可恰巧在那以后，整个脑袋都彻底秃掉了，所以也就只留下了这头顶上的文身……这些暂且不表，或是因为父亲怜惜十五岁的我吧，不管丸佐怎样好言相劝，唯独在变卖偶人这件事上，他一直显得犹豫不决。

最终迫使他下定决心卖掉偶人的，乃是我那个名叫英吉的哥哥。……尽管如今哥哥已作古，但当时的他还是一个只有十八岁的血气方刚的青年。哥哥自诩为开化人士，是一个英语读本从不离手、喜欢政治的热血青年。一提到偶人，他就不无轻蔑地说道，偶人节什么的，不过是陈规陋习罢了；像偶人那种不实用的东西，就算是留下来也没什么意思。为此，他和有些守旧的母亲之间不知道究竟发生过多少口角。可是，只要一卖掉偶人，至少就可以熬过这个年关，所以，在处境窘迫的父亲面前，母亲也就不便固执己见了吧。反正就像前面说过的那样，他已经决定在 11 月中旬，把偶人卖给横滨的一个美国人。什么，问我吗？我当然也免不了闹腾一阵子，不过，或许因为我是一个大大咧咧的女淘气鬼吧，反倒不觉得有什么特别悲伤的。更何况父亲还许诺道，一旦变卖了偶人，就马上给我买一根紫色的缎子腰带呢……

当这宗买卖谈妥之后的第二天晚上，丸佐在去横滨回来的路上，特意中途来到我们家里。

说到我们家，在遭遇了第三次火灾之后，就再也没有重新兴建过，只是把火灾后残存的泥灰墙仓库当作一家人的居所。再在旁边搭建了一个耳房，经过临时修葺后开成了一间店铺。不过，当时我们匆匆开张的乃是一家药铺，所以药柜上到处都排列着什么正德丸呀、安经汤呀、胎毒散之类药品的金字招牌。对了，那儿还点着一盏无尽灯——只这么说，或许你们无法知道那是怎样一种东西吧。所谓无尽灯，就是一种不用煤油而用菜籽油做燃料的旧式洋灯。说来很可笑，至今只要一闻到药材的气味，比如陈皮、大黄的气味，我都不能不联想到那种无尽灯呢。是的，那天晚上，无尽灯也照旧在弥漫着药材气味的空间中释放着昏暗的光芒。

中间夹着那盏无尽灯，秃顶的丸佐先生和蓬散着头发的父亲相对而坐。

"这只是一半的金额……请您清点一下吧。"

在寒暄之后，丸佐先生掏出了用纸包住的钱。或许这一天就交付定金，也是事先就已经谈妥的吧。父亲把手搭在火盆上一边烤着火，一边一言不发地向对方鞠了个躬。恰好这时，我按照母亲的吩咐，前来给他们送水斟茶。可是，就在我递上茶水的当口，听见丸佐先生突然大声地说了一句："这可使不得呀！这可万万使不得呀！"我还以为是茶水有什么使不得的，一下子给愣住了，但用眼睛打量了一下丸佐先生，发现在他面前放着另一个装钱的纸包。

"区区小钱，就权当我的一点心意吧……"

"不，心意我已经领受过了，这个还是留在手头吧……"

"哎，……你就别让我献丑了。"

"开什么玩笑！倒是大人您让我献丑了。我们又不是什么外人，再说从前任大人开始，丸佐不是就一直承蒙你们的关照吗？哎，就别说什么见外的话了。这东西你还是收起来吧……喔，小姐，晚上好！嚯，你今天可是梳了个漂亮的蝴蝶发髻呢。"

我一边漫不经心地听着他们俩的对话，一边回到了泥灰墙的仓库里。

泥灰墙的仓库该有十二叠大小吧。原本非常宽敞的，可现在里面既放着衣柜，又摆着长方形的火盆，既搁着长长的大箱子，还竖着一个橱柜，所以不免显得狭窄了许多。即便在这些家具中，最引人注目的也还是那总共多达三十余个的桐木箱子。或许不说你们也知道，那就是装偶人的箱子。它们被堆放在窗户下面的墙壁边，以便随时都可以搬走。无尽灯被拿到店铺那边去了，所以在这泥灰墙的仓库里，只是点着那种光线朦胧的纸灯笼。——在这旧式纸灯笼发出的光线里，母亲正缝缀着汤药的口袋，而哥哥则在小小的桌子旁，翻阅着英语读本什么的。这一切都一如既往，没有变化。我无意中瞅了瞅母亲的脸，只见她一边鼓捣着针线，一边低垂着眼睛，而睫毛的深处却早已盈满了泪水。

给父亲他们斟完茶之后，如果说我满心期待着母亲赞许我的乖巧听话，这未免有些夸张，但也不能说一点期待都没有。然而，或许是因为我看见了母亲的眼泪吧，与其说感到一阵悲凉，不如说有些不知所措。因此，为了尽可能避免看到母亲，我坐到了哥哥旁边的位置上。可这时，哥哥英吉却蓦地抬起头来。他有些诧异地来回端详着母亲和我，先是露出诡秘的笑容，随即又开始读起英文来了。我从没有像此刻这样痛恨过这个自诩开化的哥哥。他瞧不起母亲呢，我认定。想到这儿，我使出全身的力气，冷不防朝哥哥的脊背搋了过去。

"你干吗？"

哥哥恶狠狠地瞪着我。

"我就是要揍你！就是要揍你！"

我一边哭泣着，一边想再次猛揍哥哥。不知不觉之间，我已经忘记了哥哥是个脾气暴躁的人。但就在我的手还悬在空中的时候，哥哥一下子扬起手，朝我的侧脸打来一巴掌。

"你这个不明事理的家伙！"

不用说，我一下子号啕大哭起来。与此同时，一把尺子也倏然落在了哥哥身上。哥哥马上气势汹汹地扑向母亲，而母亲也毫不示弱，用颤抖的声音与哥哥理论起来。

在他们争执不休的过程中，我一直不胜懊恼地哭泣着，直到父亲送走丸佐先生，再拿着无尽灯从店铺那边回到这边来……不，不光是我，一看见父亲的面孔，哥哥也陡然间缄口不语了。无论是对我，还是对当时的哥哥而言，没有比沉默寡言的父亲更加可怕的存在了。

那天晚上事情就算是彻底敲定了：在本月末

收取剩余的一半金额，与此同时，将偶人交给那个横滨的美国人。什么，你问到底卖了多少钱吗？现在想来，似乎便宜得难以置信，据说也就是三十日元罢了。尽管如此，按照当时的物价来折算，却无疑是一个相当不菲的价钱。

　　不久，交付偶人的日子渐渐逼近了。就像前面已经说过的那样，最初我并没有为此感到特别悲伤。然而，随着约定的日子一天天地迫近，不知什么时候，我竟开始对与偶人的别离感到痛苦起来。当然，不管是多么不懂事的孩子，也不至于认为说好要卖给别人的偶人，还可以就那样永远放在自己家里。我的心愿不过是想在交给别人之前，再好好看看这一组偶人——包括一对天皇和皇后模样的偶人、五个一组在一旁伴奏的偶人、左侧的山樱、右侧的橘树、六角纸灯、屏风和泥金的道具——把它们排列在泥灰墙的仓库里最后观赏一番。但无论怎样央求，生性倔强的父亲就是不肯答应。他说，一旦收下了别人的定金，无论东西放在什么地方，也都是属于别人的了。别人的东西怎么可以随便折腾呢？

那是一个临近月末的日子，天上刮着大风。不知是因为患上了感冒，还是因为下嘴唇上长出了一个谷粒大小的肿疮，反正母亲说她身体不适，连早饭都没有吃。和我拾掇好厨房之后，母亲用一只手捂住额头，在火盆前面一动不动地低伏着头颅。不一会儿就到了正午时分，她无意中抬起头来，我一看，哇，她那长着疔疮的下嘴唇不是红肿得活像一只红薯吗？只要看看她那发出奇怪光泽的眼神就可以知道，她正发着高烧呢。见此情景，别提我被惊吓成了什么样子。我几乎是不顾一切地跑到了父亲所在的店堂里。

"爸爸，爸爸！妈妈情况不妙！"

父亲，还有也在那儿的哥哥，都一起进到了里面的房间。或许是被母亲那可怕的脸色吓住了吧，就连平时不喜欢张扬的父亲这时也变得一片茫然，好一阵子都噤口不语。但即便在这种时候，母亲还强带微笑地说道：

"什么呀，又没有什么大不了的，不就是用手挠了挠这脸上冒出的疙瘩吗？我……这就给你们做饭去。"

"千万别逞能了。做饭什么的，阿鹤也能行啊。"父亲用半带斥责的口吻阻止了母亲，随后对哥哥说道，"英吉！快去把本间大夫请来！"

说时迟，那时快，只见哥哥已经一溜烟地消失在了店铺外面的寒风中。

当叫作本间的中医大夫——尽管哥哥一直瞧不起他，说他是一个庸医——看见母亲的时候，也困惑地交叉起了双臂。他说，母亲脸上长出的东西就叫作面疔……其实，只要动手术的话，面疔原本也算不上什么可怕的疾病，不过当时的可悲就在于根本不可能动什么手术，只能给母亲喝一些煎药，或是让水蛭吮吸疗疮的坏血。父亲每天都守在母亲的枕边，给她熬本间大夫开的煎药，而哥哥也每天出门去买十五分钱的水蛭回来。我呢，……我则背着哥哥多次到附近的稻荷神社去求神灵保佑。正因为是这样一种情形，哪里还有心思去顾及什么偶人的事情。一时间，对于那三十几个堆放在墙壁边上的桐木箱子，我们大家就连瞥上一眼的工夫也没有。

然而，在 11 月 29 日那天，也就是即将与偶人离别的前一天，一想到今天就是与偶人在一起的最后日子，我就禁不住想再打开偶人箱子看上一眼。但我知道，无论如何恳求父亲，他也是绝对不会答应的。那么，就让母亲去向父亲求情吧——我的脑海里顿时闪过了这个念头。可是，母亲的病比先前更重了，除了能喝点米汤之外，什么都难以下咽。特别是这阵子，还经常有掺和着血丝的脓液流向她的嘴巴。看见母亲的这副模样，尽管我还只是一个十五岁的小姑娘，也断然没有勇气说出自己的请求。我从一大早起就守候在母亲的枕边，观察着她的动静，可直到下午吃点心的时候，我也还是难以启齿。

但是，此刻在我的眼前，也就是在那铺着铁丝网的窗户下面，不是就堆放着那些桐木做成的偶人箱子吗？今夜一旦过去，它们就会被运到遥远的横滨那个异邦人的府上……甚至有可能远走他乡，去到大洋彼岸的美国。一想到这儿，我就越发难以忍受了。趁着母亲睡着了的当口，我悄悄走到了店堂里。店堂里尽管光线昏暗，但与仓库里相比，哪怕是仅凭着能够看见大街上过往的行人，也不由得平添了几分向阳的气氛。只见父亲在那儿核对着账目，而哥哥则全神贯注地往角落上的药碾子里，投放着甘草之类的东西。

"喏，爸爸，这是我今生唯一的请求……"

我一边观察着父亲的脸色，一边说出了那压抑多时的愿望，但父亲岂止是不肯允诺，甚至压根就没有搭理我的意思。

"这件事前不久不是已经对你说过了吗？……喂，英吉！今天你就趁着天色没有黑的时候，去一趟丸佐那儿吧。"

"丸佐？……是叫我去一趟吗？"

"拜托他帮忙买一盏油灯……你回来时带过来好啦。"

"可是，丸佐那儿没有油灯卖吧？"

父亲根本不理睬我，兀自在脸上露出了难得

的微笑。

"只是拜托他帮忙买一盏油灯而已，又不是烛台之类的大东西。因为让他去买，总比我自己去买靠得住吧。"

"那么说来，无尽灯就要废除了吗？"

"或许只能成为闲暇时的一种摆设了吧。"

"古老的东西原本就该一个接一个地废止。一旦点上了油灯，其他不说，至少母亲的心情也自然会变得快活一些吧。"

至此，父亲又开始拨弄起他的算盘来了，但越是遭到冷遇，我的心愿反倒变得越是强烈起来。我再次从背后摇晃着父亲的肩膀，说道：

"哎，爸爸，求求你了。"

"你真是讨厌！"

父亲头也不回地厉声斥责道。不仅如此，哥哥也不怀好意地瞪大眼睛，瞅着我的脸。我心灰意冷地悄悄回到了里面的房间。不知什么时候，母亲已经睁开还在发烧的眼睛，呆呆地望着自己搭在脸上的手掌。一看见我的身影，她竟格外清醒地问我道：

"父亲骂你什么了？"

我不知道该如何回答，所以，只管鼓捣着枕头边的药签。

"准是你又提出什么无理的要求了吧？……"

母亲凝眸注视着我，然后又煞是为难地继续说道：

"眼下我的身体成了这个样子，害得一切都只能由你父亲一个人来担待，所以，你得听话点才行。听我说，隔壁家的小姐不是总爱去看戏什么的吗？你也……"

"我才不想去看什么戏呢……"

"不，倒不只是限于看戏，瞧舞台上那些簪子、衬领之类的东西，不都是你想要的吗……"

听着听着，不知是出于懊恼，还是出于悲伤，我的眼泪竟扑簌簌地流了下来。

"妈妈，其实我……什么都不想要，只是想在那偶人交给别人之前再……"

"你是说偶人？在交给别人之前？"

母亲瞪大眼睛，凝视着我的脸庞。

"在偶人交给别人之前再……"

我的声音一下子给噎住了。此时我才注意到，哥哥英吉不知何时已经站在了我的身后。他俯瞰着我，依旧用那种冷酷的口吻说道：

"你这个不懂事的丫头！又在提偶人的事情吧？刚才才被父亲骂了一顿，这么快就忘了吗？"

"哎，不是也没什么大不了的吗？哪里犯得着那么大动干戈呀……"

母亲就像是有些心烦意乱地闭上了眼睛。但哥哥恍若没有听见妈妈的话一样，继续呵斥我道：

"都已经十五岁了，还一点儿都不懂道理！充其量不就是那些偶人吗？有谁稀罕它们？"

"你少管闲事！又不是哥哥的偶人！"

我毫不示弱地回敬道。跟往常一样，在你一言我一语的口角中，哥哥一把拽住我脖子后面的头发，猝然将我摔倒在地。

"你这个淘气的野丫头！"

如果母亲不出来劝阻，哥哥这时候肯定又该

猛揍我两下子了吧。此刻母亲从枕头上抬起头来，喘息着训斥哥哥道：

"阿鹤她又没有做错什么，用得着那么对待她吗？"

"可是这家伙，无论对她怎么说，她就是不听嘛。"

"不，你恨的不光是阿鹤，对吧？你……你……"

母亲泪眼婆娑，一副懊恼的神情，好几次都欲言又止。

"你是恨我吧？要不然，为什么明明知道我病成这个样子，却偏偏主张卖掉偶人，还欺负无辜的阿鹤？……要不，怎么可能呢，对吧？如果是那样，你又凭什么那么记恨我……"

"妈！"

哥哥突然这样大叫了一声，然后便伫立在母亲的枕头边，将整个脸庞藏进了手肘里。后来就是在父母过世时也不曾掉过一滴眼泪的哥哥——就是那个常年从事政治活动，直到最后被送进疯人院为止，都从来没有流露过胆怯之色的哥哥——唯独在这个时候，却开始啜泣起来。这对于处在亢奋状态中的母亲来说，肯定也是颇为意外的吧。只见母亲长长地叹息了一声，咽下了后半句想说的话，重新倚靠在枕头上……

在经历了这场风波之后，大约又过去了一个小时，鲜鱼铺那个好久不见的主人德藏突然出现在了店堂里。这个年轻的鲜鱼铺主人，不，不对，他不是鲜鱼铺的主人，只是曾经是过——因为眼下他已变成了人力车夫。说来，他不知闹过多少笑话，至今仍旧记忆犹新的，是关于他姓氏的一段逸事。德藏也是在明治维新之后才有姓氏的。或许是为了表现自己的豪爽和大气吧，他想，既然要取一个姓氏，那就索性叫德川好了。可一到区公所去申报，却被人骂了个狗血喷头。据德藏说，对方气势汹汹的样子就像是要判他斩首之罪似的……还是回头说那天的事吧，德藏轻松地拉着当时那种车身上画着牡丹和狮子图案的人力车，翩然出现在店堂里。当我正琢磨着他来干什么的时候，他说道：

"反正今天又没有顾客，索性载上小姐，带她从会津原到砖房大街一带去逛游逛游吧！"

"怎么样，阿鹤？"

父亲故意装出一本正经的表情，打量着我。我是专门走到店堂这边来看人力车的。说来，如今就是让小孩子去坐人力车玩，也不会觉得有什么高兴的吧。但对于当时的我们来说，就如同现在搭乘汽车兜风一般欢天喜地。可母亲还身患疾病，再说又闹了刚才那样的风波，所以我自然不敢明说自己想去了。我依旧一副沮丧的样子，小声地嘟哝了一句：

"我想去。"

"那你这就去问问母亲吧。也难得人家德藏一片好心，说愿意搭着你出去。"

就像我预想的那样，母亲连眼睛也没有睁开，就微笑着说道："这可是个好主意。"恰好这时，喜欢捉弄人的哥哥又出门到丸佐那儿去了。于是，我甚至忘记了自己才刚刚哭过，忙不迭地跳上了人力车，就是那种乘客把红毛毯搭在膝盖上，轱辘发出嘎吱响声的人力车。

　　沿途看见的景色就不必一一赘述了。不过，如今我还常常在话题中，提起德藏当时对我发的那句牢骚。那时，德藏搭着我刚一走近砖房大街，就差点儿与一辆马车迎面撞在一起。那辆马车上坐着一个西洋女人。尽管什么也没有发生，但德藏还是有些气恼地咋着舌头，这样说道：

　　"看来还真是不行呢。因为小姐体重太轻了，原本很重要的两只脚，也就使不上劲，踩不住……小姐，这样看来，拉你的车夫也怪可怜的，所以呀，二十岁以前你就别坐人力车了。"

　　人力车拐过胡同，从砖房大街绕向回家的路上，不料竟偶然遇见了哥哥英吉。只见他行色匆匆地赶着路，手里还提着一盏被油烟熏成竹子图案的油灯。或许是暗示我等等他吧，一看见我，他就高高地举起了手里的油灯。而德藏的动作则更是神速，只见他早已转动车头，把人力车停在了哥哥跟前。

　　"辛苦了，德藏。你们去哪儿啦？"

"嘿，今天嘛，我带小姐去游览江户了。"

哥哥一面露出苦涩的微笑，一面走到人力车边上对我说道：

"阿鹤，你先把这盏油灯带回去，我还得去一趟煤油铺。"

想到刚刚才和他吵过架，我故意一声不吭，只是默默地接过了那盏油灯。于是，哥哥开始朝另外一边走去，不料又很快转过身来，把手搭在人力车的挡泥板上，叮嘱我道：

"阿鹤，你呀，可不准再在父亲面前提什么偶人的事情了哟。"

我依旧沉默不语，在心里嘀咕道：刚欺负了我，莫非现在又想来教训我？但是哥哥却毫不介意，兀自继续小声说道：

"父亲不准你看那些偶人，并不只是因为收下了人家的定金。越看那玩意，大家不是就越舍不得吗？——父亲肯定是顾忌到了这一点。明白了吗？行了吧？如果明白了，就不要再像刚才那样老是唠叨着想看了。"

我从哥哥的声音里，感受到了一种平时所没有的情意。不过，也的确很难找到比哥哥英吉更奇特的人了。这不，一分钟以前才刚刚说了上面那些温柔的话语，转眼之间又像平时那样威胁我道：

"如果你实在想那么说，就随你说好啦。不过你要做好准备，随时都会被教训的。"

哥哥恶狠狠地说完，也不跟德藏打声招呼，就转身离去了。

那天晚上，我们一家四口人在仓库里围着桌子吃晚饭。说是四口人，可母亲只是从枕头上微微扬起脸来看着我们罢了，所以准确地说，是不能算在吃饭的人中间的。但是，那天的晚饭却让我觉得比往常任何时候都更加奢华和丰盛。这是不言而喻的，因为那天夜里，崭新的油灯取代了以前那盏昏暗的无尽灯，此刻正放射出明亮的光芒。即便在吃饭的过程中，我和哥哥也都不时地端详着那盏油灯。瞧，那可以看见煤油的、壶形的玻璃灯身，还有守护着火苗、以免它随风摇曳的灯罩……啊，如此美丽的油灯让我们看得如痴如醉。

"真亮啊，就跟白天一个样。"父亲一边回过头看着母亲，一边心满意足地说道。

"甚至还让人头晕目眩呢。"母亲说道。在她的脸上浮游着一种近于不安的神色。

"那还不是因为习惯了无尽灯的缘故呗……不过，一旦点上了油灯，就再也不可能回头用什么无尽灯了。"

"无论什么东西，最初都会让人觉得头晕目眩吧。不管是油灯也好，还是西洋的学问也好……"哥哥比任何人都闹腾得厉害，"可一旦习以为常，还不是一样的吗？过不了多久，我们甚至会抱怨这油灯也太过昏暗了。那样的时代很快就会来临的。"

"那敢情好，或许是会那样的吧……阿鹤，我问你，妈妈喝的米汤怎么样了？"

"妈说，今夜她喝得够多的了。"我按照母亲说的那样，漫不经心地回答道。

"这可不行啊。我说你呀，就一点儿食欲也没有吗？"

听父亲这样一问，母亲就像是有些无可奈何似的叹息着，说道：

"哎，总觉得这煤油的气味让人……这证明，我到底还是一个守旧的人吧。"

那以后，大家开始变得有些沉默了，只是一个劲儿地动着筷子。但母亲就像是突发奇想似的，开始不时地赞扬着油灯的亮堂，甚至还扯动她那红肿的嘴唇，露出了微笑。

那天晚上，大家睡下，已经是十一点多了。但不管我怎样紧闭双眼，也很难进入梦乡。哥哥叮嘱我再也不准提起偶人的事了，我自己也算是绝望了，认为打开箱子看偶人乃是一个不可能被允诺的愿望。不过，想打开看看的心情却与先前毫无变化。一到明天，偶人就要去到遥远的地方了——想到这儿，紧闭的双眼里不由得噙满了泪水。干脆趁大家熟睡的时候，一个人悄悄拿出来瞧一瞧吧！我甚至涌起了这样的念头。或者从中偷偷取出一个偶人，悄悄藏进某个地方——这样的想法也掠过了我的脑海。但无论是哪种方案，一旦被人发现——想到这儿，我就禁不住一阵畏葸。说真的，我还从来没有像那天晚上那样，满脑子尽想着一些可怕的事情。比如，要是今夜发生火灾就好了，那么，在卖给别人之前，偶人便已经被焚毁于烈火之中了。要不，就让那个美国人和秃头的丸佐先生害上霍乱病好啦，这样一来，偶人就不用交给任何人，可以继续被我们珍藏了——如此这般的空想裹挟住了我的整个大脑。不过，再怎么样我也还是一个孩子，所以不到一个小时，就迷迷糊糊地睡着了。

那以后也不知过去了多久，我猛然睁眼醒来，听见了一阵响声，好像是有人爬起来，在仓库里点上了昏暗的纸灯笼。莫非是老鼠，抑或是强盗？要不，已经迎来了黎明？——我不胜困惑，战战兢兢地眯缝起眼睛一看，原来是父亲穿着睡衣，就那样坐在我的枕头边，让我只能看见他的一张侧脸。啊，父亲！……但让我瞠目结舌的，却并不仅仅是父亲。原来在父亲的面前，竟然摆放着我的偶人——就是那从偶人节以后便久违了的偶人。

所谓怀疑自己是不是在梦中，无非就是这样的时候吧。我几乎是屏住呼吸，目不转睛地守望着眼前的一切：在纸灯笼摇曳不定的灯光中，不是有那手里拿着象牙之笏的男偶人、头冠上的璎珞向下悬垂着的女偶人、右侧的橘树、左侧的山樱、扛着长柄阳伞的女佣、把酒杯举至眼睛附近的女官、有着小小泥金画的梳妆台、衣柜、尽是用贝壳镶嵌而成的偶人屏风、食碗、六角纸灯、彩线扎成的小球，以及父亲的侧影吗？……

所谓怀疑自己是不是在梦中，无非就是这样的时候吧——啊，这句话我刚才已经说过了。但那天晚上的偶人是不是梦呢？或许是因为太想看到那偶人，以至于在不知不觉间制造出了那样的梦幻吧？对它的真假和虚实我至今尚难做出回答。

但在那天拂晓时，我分明看见了独自端详着偶人的年迈父亲，唯有这一点是千真万确的。如果是那样的话，那么就算是梦，我也不觉得有什么懊悔的。因为我亲眼看见了那个与我没什么两样的父亲，就是那个尽管有些懦弱但却愈显庄严的父亲。

动手创作《偶人》这个故事，还是在几年前。现在才完成它，倒非仅仅因为泷田先生[1]的劝说。还因为四五天之前，我在横滨一个英国人的客厅里，遇见了一个红头发的外国小女孩，她当时正把一个古偶人的脑袋当作玩具随意摆弄着。或许出现在这个故事里

---

1　泷田哲太郎（1882—1925），日本大正时代著名编辑，曾担任《中央公论》主编。

的偶人，也和铅做的士兵、橡皮做的偶人一起被装进玩具箱里，遭受着同样的厄运吧。

大正十二年（1923）二月

（唐先容　译）

# 猿蟹大战

被猴子抢走饭团的螃蟹终于报仇雪恨了。说来，螃蟹是和石磨、蜜蜂、蛋卵一起杀死猴子这个宿敌的。——关于这件事，如今已毋庸赘述。倒是有必要讲讲在杀死猴子之后，以螃蟹为首的战友们又遭遇了怎样的命运，这恰恰是童话故事所没有涉及的内容。

不，岂止是没有涉及，甚至还强加给我们一种错觉，就仿佛螃蟹还在自己的巢穴中，石磨还在厨房空地的角落里，蜜蜂还在屋檐下的蜂窝里，蛋卵还在装满稻壳的箱子里，各自过着平安无事的生活一样。

但是，这不啻童话故事的一种伪装。事实上，在杀害仇敌之后，他们便遭到了警官的逮捕，被悉数投入监狱。多次审判的结果是，主犯螃蟹被判处死刑，而石磨、蜜蜂和蛋卵等几个共犯也被宣判了无期徒刑。只知道童话故事的读者或许会对他们的这种命运感到蹊跷和诧异吧，但这的确是事实，是容不得半点怀疑的事实。

据螃蟹自己说，它原本拿饭团和猴子交换柿子，谁知猴子不肯给它成熟的黄柿子，只给了它没有成熟的青疙瘩。非但如此，还像是企图伤害螃蟹一般，把柿子狠狠地投掷到了螃蟹身上。话又说回来，在螃蟹和猴子之间，压根就没有交换过什么契约证书。好吧，就算是对此不加深究吧。可是，即便两人约定互换饭团和柿子，也并没有明文规定，必须是成熟的柿子呀。至于螃蟹说，猴子还把青疙瘩的柿子狠狠扔到了自己身上，这也缺乏充分的证据来表明猴子此举肯定带有恶意。因此，就连为螃蟹进行辩护的、以雄辩著称的某律师，除了乞求法官的同情之外，似乎也找不到任何对策。据说这位律师当时不胜怜悯地一边为螃蟹揩拭气泡，一边劝说道："你就不要再争了。"

至于这句"你就不要再争了",究竟是针对宣判的死刑而言,还是针对螃蟹应该支付给律师的巨额费用而言,那就无人能够断定了。

新闻报纸上也几乎找不到对螃蟹持同情态度的舆论。人们的责难似乎大都集中在这些方面:螃蟹杀死猴子不外乎是发泄私愤的结果。而所谓的私愤,不就是因自己的无知和轻率,吃了猴子的亏所感到的愤懑吗?倘若想在这个优胜劣汰的世间上发泄私愤,那么他若不是愚者,就肯定是疯子了。身为商会会长的某男爵等人在发表上述意见的同时,也做出了如下的断言:螃蟹之所以杀死猴子,多少是遭受了目下流行的那些危险思想的毒害。据说,或许是因为这个原因吧,自从螃蟹报仇以来,某男爵除了雇佣英武剽悍的保镖之外,还特意饲养了十头猛犬。

即使在所谓的有识之士中间,螃蟹的复仇也没有赢得任何好评。一个大学教授——某博士从伦理学的角度分析道,螃蟹杀死猴子纯粹是出于复仇的意志,而复仇是很难称之为善举的。还有某个团体首领说道，既然螃蟹是怜惜柿子和饭团之类的私有财产，那么想必石磨、蜜蜂和蛋卵等也有着同样的反动思想吧。而推波助澜的，或许就是国粹会[1]了吧。除此之外，某宗的管长某师则认为，螃蟹似乎对佛陀的慈悲一无所知。其实，即便被投掷青柿子，只要深谙佛陀的慈悲，也就不会憎恨猴子的所作所为了，相反还会抱着怜悯之情吧。啊，哪怕一次也好，真想让它听听我的布道。还有，尽管有不少名士从各个角度进行评判，但全都对螃蟹的复仇发出了反对的声音。其中只有一个人为螃蟹大声呐喊，那就是酒豪兼诗人的某众议员。众议员说道，螃蟹的复仇乃是与武士道精神一脉相承的行为，但却没有一个人肯听取这种落伍于时代的陈词滥调。不仅如此，据报纸上的杂谈说，只因这个众议员几年前参观动物园时，被猴子撒过一泡尿，所以就一直对猴子耿耿于怀。

---

1　信奉皇室中心主义和国粹主义的思想团体。这里指 1919 年在西村伊太郎等人的倡议下所成立的大日本国粹会。

只知道童话故事的读者，或许会为螃蟹的命运洒下一掬同情的眼泪。不过，螃蟹之死分明是罪有应得，对此感到怜悯和痛惜的，不外乎是妇女和儿童的感伤主义。普天之下无不认为螃蟹之死乃是符合情理的。据说在执行了死刑后的那天晚上，法官、检察官、律师、死刑执行者、忏悔师等都酣睡了长达四十八个小时。所有人还都在梦中瞥见了天国之门。据他们说，天国就像是一家有着酷似封建时代城门的百货店。

接下来我想再说说，在螃蟹死后其家庭所发生的变化：螃蟹夫人变成了一个娼妇。至于其堕落究竟是贫困所致，还是其自身的性情所致，这可就不得而知了。而螃蟹的长子在父亲死后——如果借用报纸上的术语——真可谓达到了"幡然悔悟"。如今它在某个公司里做掌柜或者别的什么。这只螃蟹有时候会为了捕食同类的血肉而将受伤的伙伴一把拽进自己的巢穴。克鲁泡特金[1]在

---

1　克鲁泡特金（Kropotkin，1842—1921），俄国无政府主义者。

《互助论》中谈到，螃蟹也是会抚慰同类的，据说援引的就是这只螃蟹的实例。而螃蟹的次子则当上了一名小说家。因是小说家，所以除了四处迷恋女人，当然也就无事可做了，只是把父亲的一生作为例子，敷衍塞责地奚落一番，说善乃是恶的别名云云。至于三儿子，不外乎是个蠢货，最终也没能变成螃蟹之外的东西。当它横着腿走路的时候，看见地上丢弃着一个饭团。要知道，饭团乃是它的最爱，于是它用硕大的钳子夹起了这个猎物。正好这时，一只猴子在高高的柿子树上抓着虱子，于是接下来的事情，就不必再一一赘述了吧。

总之，与猴子搏斗以后，螃蟹必定会遭天下杀戮，唯有这一点是千真万确的事实。谨将此言寄予天下的读者。你们也不啻一只螃蟹罢了。

大正十二年（1923）二月

（唐先容　译）

两个小町

一

　　小野小町[1]在屏风后正读着草子[2]，这时，黄泉的使者突然不期而至。使者乃是一个肤色黝黑的年轻人，还有着一对兔子似的耳朵。

**小町**　（非常惊讶地）你是谁呀？

**使者**　黄泉的使者。

**小町**　黄泉的使者？如此说来，我就要死了吗？莫非这个世界已经没有我的容身之地了？别急，请等等。我才二十一岁，正值青春妙龄呢。求求你，留我一条性命吧！

---

1　平安前期歌人，传说中的绝世美人。
2　指日本那些用假名写成的小说、日记、随笔之类的文学作品。

**使者**　不行。即便你是一国的国君，也是不得姑息的。

**小町**　难道你就那么冷酷无情？好吧，我这就死给你看看。可是，深草少将会如何呢？我和少将曾经山盟海誓，在天愿做比翼鸟，在地愿做连理枝——啊，仅仅想到我和他之间的誓约，整个胸口就像要炸裂了一般。一旦听到我的死讯，少将肯定会哀叹而死吧。

**使者**　（煞是无聊地）如果能够哀叹而死，那还算幸运的，因为已经经历过一场恋爱了……不过，这种事怎么着都无所谓。快走，我带你去地狱吧。

**小町**　不成不成。难道你还不明白吗？我远非常人之身，已怀上了少将的骨肉。倘若我现在就死了，那么孩子——我可爱的孩子，也必须得一同死去。（一边哭着）就算这样，你也毫不动容吗？即使让黑暗中的孩子就那样消失在黑暗之中，你也敢说毫不在乎吗？

**使者** （有些畏葸地）孩子的确是挺可怜的。但这是阎王的命令呀，所以，你还是跟我一起去吧！其实，地狱也并不像你想象的那么糟糕。自古以来，有名的美人和才子大都是下了地狱的。

**小町** 你是恶鬼，是罗刹。我一死，少将也会死的，还有少将的骨肉也会死掉的，三个人都会死去。不，不光如此，我那年迈的父亲和母亲也肯定会死去。（哭声变大）我原以为，即便是黄泉的使者，也不至于如此冷酷吧。

**使者** （不胜困惑地）我倒不是不想帮你，可……

**小町** （像是死里逃生似的抬起脸来）那么，你就救救我吧！哪怕是五年、十年都行，求你延长我的寿命！即便只有五年、十年——只要等到孩子长大成人。就算这样，你也不肯答应么？

**使者** 哎，年限倒不是什么问题，要知道，如果

不带你去，就得有个替死鬼才行啊，而且
是和你年龄相同的……

**小町** （喜不自禁地）那么，你就随便带个人去
好啦。就算在我的侍女中间，也有两三个
与我年龄相仿的人。不管是阿漕也好，还
是小松也好，谁都行啊。你看上谁就带谁
走吧。

**使者** 不，名字也得和你一样，要叫小町才行呢。

**小町** 小町？有没有人也叫小町呢？喔，有了有
了。（近于发作似的笑了起来）有一个叫玉
造小町[1]的人，你就让她代替我去吧。

**使者** 年龄也和你相仿吗？

**小町** 嗯，正好一般大。只是人长得不漂亮而已，
不过，漂不漂亮，应该没关系吧。

**使者** （乖巧地）长得不漂亮还好些，也就不必
动恻隐之心了。

---

1 《玉造小町子状衰书》的主人公。描写一个年轻貌美的女人晚年
姿色衰退，成为沿街乞讨的乞丐，据说此人就是小野小町。但作
者却假借这个人物，利用其名塑造了两个小町中的一个。

**小町** （精神抖擞地）那么，你就带她去吧。她说过，与其活在这个世上，还不如到地狱里去好呢，因为她根本就没有可留恋的人。

**使者** 好的，那我就带她走吧。你可要好好爱护你的孩子！（自鸣得意地）至少黄泉的使者也并非不懂所谓的人情。

倏然间使者消失不见了。

**小町** 啊，终于得救了！或许这也是我平常信仰的神灵和佛陀在暗中相助吧。（双手合十）八百万神明和十方菩萨，求求你们不要拆穿我的谎言！

二

黄泉的使者背着玉造小町，沿着暗穴道走向黄泉。

**小町** （一边发出尖厉的叫声）这是去哪儿？去

哪儿呀?

**使者** 去地狱。

**小町** 去地狱?怎么可能呢?昨天安倍晴明还告诉我,说我的寿命是八十六岁呢。

**使者** 那是阴阳师在信口雌黄。

**小町** 不,才不是信口雌黄呢,安倍晴明的话没有不应验的。你才是信口胡诌呢。瞧,你回答不上来了吧?

**使者** (独白)我这个人呀,好像就是过于诚实了……

**小町** 你还打算强词夺理呀?喂,你就从实坦白了吧。

**使者** 说来有些对不住你……

**小町** 我琢磨着,就是这么一回事吧。你说对不住我,这是什么意思?

**使者** 其实,你是代替小野小町坠入地狱呢。

**小町** 代替小野小町?此话怎讲?

**使者** 据说她有了身孕,还是深草少将的骨肉呢……

**小町** （义愤填膺地）你就信以为真了吗？她分明在说谎。你呀！直到现在，少将也仅限于连续一百夜上她门外去示爱而已。别说怀上少将的骨肉，没准连面都没有见过呢。撒谎！撒谎！纯属弥天大谎！

**使者** 弥天大谎？不会有那种事吧？

**小町** 不信，你就随便找个人问问吧！深草少将连续一百夜去她门外示爱这件事，就连那些卑贱的小孩子都知道，而你却信以为真……竟然用我的性命来换取她的性命……真是过分，真是太过分了，太不讲道理了。（开始哭泣）

**使者** 别哭别哭，哭又有什么用呢？（从背上卸下玉造小町）与这个世界相比，你不是更渴望到地狱里去吗？如此看来，我上当受骗，于你而言，岂不反倒是一种幸福吗？

**小町** （咬牙切齿地）是谁那么说的？

**使者** （战战兢兢地）这也是小野小町刚才……

**小町** 哇，多么厚颜无耻的家伙！这个造谣的专家！这只九条尾巴的狐狸！这个勾引男人的妖精！这个大骗子！这个母天狗！这个好吃懒做的女人！要是下次见了面，我一定、一定要咬断她的喉咙！真是憋气！憋气！太憋气了！（来回推搡着黄泉的使者）

**使者**　哎，请等等。因为我一无所知，所以才……就请你松开手吧！

**小町**　难道你是傻瓜吗？居然会对她的一派胡言信以为真……

**使者**　可是，谁都会信以为真的。……莫非你有什么地方得罪了小野小町？

**小町**　（露出了奇妙的微笑）像是有，又像是没有……哎，没准有也说不定。

**使者**　那么，得罪了她什么呢？

**小町**　（不无轻蔑地）我们俩不都是女人吗？

**使者**　说的也是。更何况都是美人。

**小町**　哇，你还是别说奉承话了吧。

**使者**　这倒不是奉承话，是我真的觉得你长得美。不，我甚至觉得你的美丽是难以形容的。

小町 哎，你尽说些让我高兴的话！你呀，才真的是一个与黄泉极不相称的美男子呢。

使者 你是说像我这样黑不溜秋的男人？

小町 就是要黑不溜秋，才算得上英俊呗，才让人觉得充满了阳刚之气。

使者 不过，我这对耳朵够让人恶心的吧？

小町 哪里呀，不是显得很可爱吗？让我摸摸看吧，因为我最喜欢兔子的耳朵了。（开始耍弄使者的耳朵）请再往这边挪一挪吧。不知为什么，我总觉得，为了你，我甚至不惜一死。

使者 （一边搂抱着小町）真的？

小町 （半闭着眼睛）倘若是真的，那你就……

使者 那我就这样呗。（试图亲吻小町）

小町 （推开使者）这可不行。

使者 既然如此，不就说明你刚才是在撒谎吗？

小町 我可不是在撒谎。我只是得弄清楚，你是否是真心的。

使者 那么，有什么你就尽管吩咐我好啦。你想要什么呢？是火狐狸的裘皮呢，还是蓬莱的玉枝？抑或是燕子的安产贝壳[1]？

小町　请等等。其实，我的愿望就只有一个，请你放我一条命吧！作为替死鬼，就把那个小野小町——对，就是那个可恨的小野小町，带到地狱里去吧。

使者　仅仅如此就行了吗？那可太好了，我这就照你说的办。

小町　你敢肯定吗？哇，我太高兴了。如果你敢保证的话……（把使者拽向自己身边）

使者　啊，这下我才真的是乐得要死了。


# 三


众神将中有手执长矛者，有携带利剑者，一齐守护在小野小町的屋檐上。正在这时，黄泉使

---

[1]　火狐狸的裘皮、蓬莱的玉枝、燕子的安产贝壳，均见于《竹取物语》，是稀世珍宝的象征。

者跟跟跄跄地出现在天空中。

**神将**　你是谁？

**使者**　我是黄泉的使者，请让我借个道吧。

**神将**　此处禁止通行。

**使者**　我是来带走小町的。

**神将**　如此说来，更是不能把小町交给你了。

**使者**　什么，更是不能交给我了？请问，你是何路豪杰？

**神将**　我们乃是按照天下首屈一指的阴阳大师安倍晴明的指令，前来保护小町的三十番神[1]。

**使者**　三十番神？原来你们此行的目的，便是为了保护那个说谎的骗子——就是那个勾引男人的荡妇？

**神将**　住口！你不仅欺负人家弱女子，还极尽诬蔑之能事，真是岂有此理！

**使者**　我诬蔑她？难道小町不是一个谎言连篇、

---

1　每月三十天各分担一天来守护《法华经》的三十个神。

诓骗男人的荡妇吗?

**神将** 你还在强词夺理呢。好吧,你想说就说个够吧,看我把你的两只耳朵一并砍掉。

**使者** 可是,小町她确实……

**神将** (勃然大怒地)那你就受我长矛一刺,见鬼去吧。(朝使者猛扑上去)

**使者** 救命啊!救命啊!(随即消失了)


# 四


几十年以后,两个年迈的女乞丐席地坐在布满枯草的荒原上闲聊着,一个是小野小町,而另一个则是玉造小町。

**小野小町** 每天都是苦日子呢。

**玉造小町** 与其如此忍受折磨,还不如索性死了痛快。

**小野小町** (自言自语似的)如果那时候当真死了就好啦。就是在碰到那个黄泉使者的时候……

玉造小町　哇，这么说来，你也见过他了？

小野小町　（充满狐疑地）你说"你也见过他了"，
对吧？也就意味着，你是见过他的，
对吧？

玉造小町　（冷淡地）不，我没有见过。

小野小町　其实我碰上的那个人，乃是唐朝的
使者。

　　沉默了良久。这时，黄泉的使者行色匆匆地
路过这儿。

玉造小町、小野小町　黄泉的使者！黄泉的使者！

使者　　　是谁在叫我呀？

玉造小町　（对着小野小町）你不是认识黄泉的
使者吗？

小野小町　（对着玉造小町）你总不至于还矢口
否认自己认识他吧？（对着黄泉的使
者）这位就是玉造小町。想必你们早
就认识吧？

玉造小町　这位就是小野小町。你们也是老相识

了吧？

**使者**　什么，你们是玉造小町和小野小町？就你们这两个瘦骨嶙峋的女乞丐……

**小野小町**　是啊，反正就是瘦骨嶙峋的女乞丐呗。

**玉造小町**　你难道忘了？你还搂抱过我！

**使者**　哎，你们别生气！只因变化太大，所以才忍不住脱口说出了那种话来……不过，你们叫我，有何贵干？

**小野小町**　当然有啦，当然有啦。求求你，把我带到黄泉去吧！

**玉造小町**　也把我一起带去吧。

**使者**　带到黄泉去？开什么玩笑呀！你们又想骗我？

**玉造小町**　瞧你说的！怎么会骗你呢？

**小野小町**　真的，求你把我带去吧！

**使者**　把你们带去？（一边摇着头）这我可没法答应。我不想再引火烧身了，你们还是拜托别的人吧。

**小野小町**　求求你可怜可怜我们吧。说来，你也是个有情有义的人。

**玉造小町** 就别说那些了，赶快把我们带走吧！我甘愿做你的妻子。

**使者** 不行不行。一旦沾惹上你们——不，不仅仅是你们，只要一沾惹上女人，就不知道会遇上什么样的麻烦呢。你们比老虎还强悍，就像俗话说的那样，内心如夜叉。在你们面前，无论谁都会变得软弱而怯懦。（对着小野小町）比如，你的眼泪就够厉害的。

**小野小町** 你说谎！你说谎！在我的眼泪面前，你从来就没有动过心。

**使者** （置若罔闻）其次，只要你们肯委身于人，就必定无所不能。（对着玉造小町）你，就是使用的这一招。

**玉造小町** 请你不要再说那种卑劣的话了，你才是一个根本不知道恋爱为何物的家伙呢。

**使者** （依旧不加理睬）其三，这是最为可怕的——自神代以来，整个世界都处在女人的欺骗之下。一提到女人，人们就会觉得她们软弱而善良。骗人的一方全都是男人，而被骗的一方全都是女人——这便是根深蒂固的偏见。可事实上，一直都是男人在为女人而烦恼。（对着小野小町）瞧那些三十番神！不就是把一切都怪罪于我的吗？

**小野小町** 不准你诽谤神明和佛陀！

**使者** 不，在我看来，你们比神明和佛陀更可怕。你们可以随心所欲地摆弄男人的身心，而且一旦感到势单力薄，还可以凭借世间的援助。没有比这更强大的了。是的，你们在整个日本国土上，随处扔弃着成为牺牲品的男人遗骸。我们必须小心翼翼，以免中了你们的圈套。

**小野小町** （对着玉造小町）唉，这些奇谈怪论多么耸人听闻！

**玉造小町**　（对着小野小町）真的，男人的自私和任性，我可是受够了。（对着黄泉的使者）女人才是男人的牺牲品呢。不管你怎么说，女人都无疑是男人的牺牲品，过去是，现在也是，将来也是……

**使者**　（突然情绪高昂地）不过，未来对于男人来说，是大有希望的。女大政大臣、女钦官大臣、女阎王、女三十番神——这些人一旦出现，或许男人就会多少获得拯救吧。首先，除了猎取男人以外，女人还可以从事其他冠冕堂皇的事业了。其次，还因为女权社会至少不会像如今这个男权社会那样，对女人妄加姑息。

**小野小町**　你就那么憎恨我们吗？

**玉造小町**　你去恨吧！恨吧！尽情地恨吧！

**使者**　（神情忧郁地）不过，要彻底憎恨你们也是不可能的。倘若能够彻底憎恨你们，或许就会变得更加幸福吧。（突然，又恍若高奏起凯歌一般）然而，现在已经无所谓了。你们已经今非昔比，不过是两个骨瘦如柴的女乞丐罢了。我不会再中你们的圈套。

**玉造小町**　喂，你滚吧，随你滚到哪里去！

**小野小町**　哎，还是别说那种话了……瞧，我都这样跪下来求你了。

**使者**　不行不行，还是再见了吧。（消失在干枯的莽草丛里）

**小野小町、玉造小町**　怎么办呢？

　　两个人一起伏在地上哭了起来。


大正十二年（1923）二月

（唐先容　译）

志野

这是在南蛮寺的大殿里。若是平常这个时辰，阳光理应还照射在镶有玻璃画的窗户上吧。但今天，因为梅雨季节的阴霾，天色已经灰暗得与日暮时分相差无几了。唯有哥特式的房柱，一边让木头的表层释放出朦胧的光芒，一边高高地守卫着教堂里的读书室。而在殿堂深处，长明灯的火焰则照亮了伫立在神龛里的一尊圣者立像。此刻，已经看不到参拜者的人影了。

就是在这昏暗的教堂里，一个洋人神父正低头祈祷着。其年龄约莫有四十五六吧，是一个额头不宽、颧骨凸出、脸上长满了络腮胡的男人。拖曳在地上的衣服，似乎就是那种被称之为"abito"的法衣。而被叫作"kontatsu"的念珠则缠绕在他的手腕上，任凭绿色的玉珠微微下垂着。

不用说，教堂里一片阒寂。而神父则一直祈祷着，一动也不动。

正在这时，一个日本女人静悄悄地走进教堂。她在印染有家徽的麻布单衣上系了一条黑色的腰带，看起来像是某个武士的妻子。或许才三十出头吧，但乍一看，却比实际年龄苍老许多。首先，她的脸色出奇糟糕，眼圈四周还布满了黑晕，然而眼睛和鼻子却不妨用"端庄秀丽"来形容。不，或许正因为太过端正，毋宁说甚至带着些许的阴险吧。

女人一边颇为好奇地打量着用来施洗的圣水器和进行祈祷的桌子，一边战战兢兢地走向教堂里面。她看见一个神父正屈膝跪拜在昏暗的神坛前面。女人有些惊讶地在那儿停住了脚步，但她很快就意识到对方正在祈祷。因此，她只是凝望着神父，默默地驻足而立。

教堂里依旧鸦雀无声。神父仍旧保持着原有

的姿势，而女人也是纹丝不动。就这样，一段漫长的时间过去了。

不久，神父终于停止了祈祷，从地上欠起身来，看见一个女人伫立在自己跟前，一副欲言又止的神情。诚然，受到好奇心的驱使，前来南蛮寺参观基督受难像的人并不少见，但眼前这个女人的到来，却似乎并非仅仅出于猎奇。于是，神父特意露出微笑，用并不熟练的日本话问道：

"请问，您有何贵干？"

"是的，我有一个小小的心愿。"

女人毕恭毕敬地行了个礼。尽管一身装束有些寒碜，但低垂的头上却用簪子挽起了整齐的发髻。神父用微笑的眼睛回应着对方，而一双手则断断续续地搓捻着碧玉的念珠。

"我是一番濑半兵卫的未亡人，名字叫志野。不瞒您说，我的儿子新之丞眼下正害着一场大病……"

女人先是吞吞吐吐了好一阵子，然后像是在朗读什么一般，忽然一口气讲起了自己此行的目的。儿子新之丞快满十五岁了，但从今年春天开始，却不知为何犯了病。又是咳嗽，又没有食欲，还发起了高烧。志野尽其所能，不是张罗着请大夫，就是跑到药铺里买药，可谓想尽了各种办法，但最终都没有半点成效。不仅如此，儿子的身体还日渐衰弱。这阵子由于家境困难，更是没法让他进行像样的治疗了。后来听人说，南蛮寺的神父连白癜风都能治好，就琢磨着是不是能请神父救救新之丞的一条性命……

"您能去看看他吗，行吗？"

即便在说话的当口，女人也一直目不转睛地注视着神父。她那双眼睛里，既没有乞求怜悯的神色，也没有那种因为太过担忧而痛苦难耐的痕迹，只是渗透着某种近于顽迷的冷静。

"好的，就让我先看看吧！"

神父将着下巴上的胡须，若有所思地点了点头。原来这女人并不是来寻求灵魂救助的。不过，这也无可非议。肉体乃是灵魂的家园，倘若家园没有修缮完备，那么其主人也就很容易患病染疾。

比如传教士法比安等人，不就是先抱着这个目的，才转而信奉十字架的吗？这个女人到这儿来，或许也是源于神同样的意志吧。

"能把孩子带到这儿来吗？"

"我想，可能够呛……"

"那么，你就带我去吧！"

这时，女人的眼里倏然掠过一道喜悦的光芒。

"是吗？如果能劳您大驾，那真是莫大的幸运了。"

神父的心里涌起了一种温柔的感动。毕竟在那一瞬间里，他从女人那恍若能面[1]般的脸上，看见了那种真切无疑的母亲形象。站在自己跟前的，已经不再是那个顽固的武士之妻了。不，甚至不是一个日本女人，毋宁说变成了与往昔那个"充满爱怜、无限温柔、无限美丽的天妃"——就是那个给食槽里的基督精心喂奶的玛利亚——如出

---

1 日本古典戏剧能乐用的面具，这里形容毫无表情。

一辙的母亲。神父挺起胸脯，欣慰地对女人说道：

"你就放心吧！他的病我也大体知道了，孩子的性命就交给我吧。总之，我会竭尽全力。倘若最终因人的力量有限而……"

女人沉静地说道：

"不，只要您肯去探望他一次，那无论以后结局如何，都别无遗憾了。倘若真如此，那就只有仰仗清水寺观世音菩萨的冥护了。"

观世音菩萨！顷刻间，这句话让神父的脸上充满了愠怒。神父把锐利的目光投射在一无所知的女人脸上，摇着头规劝道：

"你可要当心哟。观音、释迦、八幡[1]、天神[2]——这些你们的崇拜之物，全都不过是用木头和石块做成的偶像，而真正的天主只有一个。是杀死还是拯救你孩儿的性命，也都取决于主的意志，这远非偶像所能知晓的事情。倘若你怜惜自己的爱子，那就停止向偶像祈祷吧！"

---

1　八幡神的简称。

2　指祭祀菅原道真的天满宫。

但女人只是用下巴微微抵住麻布衫的衣领，有些诧异地看着神父，让人难以揣度她对那些充满神圣愤怒的话语到底是明白了，还是没有明白。神父几乎像是前倾着整个身体似的，探出他那满是胡须的脸庞，拼命地告诫道：

"你要信奉真正的神！真正的神只有一个，那就是出生于犹太国伯利恒的耶稣基督。除此之外，再也没有别的神存在了。有的便只是恶魔，和天使堕落后变成的妖魔了。耶稣为了拯救我们，甚至不惜在十字架上受难。看看吧，就是这个样子！"

神父庄严地伸出手，指着背后窗户上的玻璃画。恰好微弱的阳光照射在窗户上，使受难的耶稣更加清晰地浮现在笼罩着整个教堂的黑暗中，还有在十字架旁哭泣的玛利亚和耶稣的弟子们。女人一边以日本式的习惯双手合十作揖，一边静静地仰望着那扇窗户。

"那就是传说中的南蛮如来吗？只要能够拯救我儿子的性命，就算是一辈子伺候那十字架上的神，我也心甘情愿。你快向他祈祷吧，求他保佑我的儿子。"

女人的声音在镇静中隐伏着深深的感动。神父就像是炫耀自己的胜利一般，微微扬起了脖子，比刚才更加雄辩地说道：

"耶稣降生于这个世间，乃是为了替我们赎罪，拯救我们的灵魂。好好听着，他一生饱尝了多少艰辛！"

充满神圣感动的神父来回踱着步子，飞快地讲述起了基督的生涯。诸如前来向圣女玛利亚通报怀胎消息的天使，降生在马厩中的耶稣，循着星辰前来奉送乳香和没药[1]的东方三博士，因害怕救世主的出现而杀死了所有儿童的希律王；还有耶稣接受约翰施洗，山上垂训，将水变成葡萄酒，为盲人治愈失明的眼睛，将附着在抹大拉的玛利亚身上的七个恶鬼全部赶走，救活了死去的拉撒路，在海面上行走，骑驴进耶路撒冷，以及那悲壮的最后晚餐和在橄榄园中的祈祷[2]……

---

1 又名末药，取自橄榄科植物地丁树或其他同属植物渗出的树脂。

2 此段内容请参见《圣经·新约全书》中《马太福音》《约翰福音》《路加福音》等。

　　神父的声音如同神的话语，在昏暗的教堂里经久回荡。女人的眼睛里闪射着熠熠的光辉，默默地倾听着那声音。

　　"你不妨想想吧。耶稣是和两个强盗一起，被钉在十字架上受难的。他那时的悲伤，那时的痛苦——即便我们现在想来，也禁不住瑟瑟发抖。尤其令人刻骨铭心的，是他从十字架上发出的最后呼唤：以罗伊！以罗伊！拉马撒巴各大尼[1]——翻译出来，就是说：我的神，我的神，为什么离弃我？……"

　　说到这里，神父不由得缄口不语了。他看见女人脸色苍白，紧咬着下嘴唇，凝眸注视着自己的脸。在她眼睛里闪烁着的，根本不是什么神圣的感动，唯有冷若冰霜的轻蔑和透彻骨髓的憎恶。神父愣住了，好一阵子都只能像哑巴似的眨巴着眼睛。

　　"所谓真正的天主、南蛮的如来，原来不过如

---

[1]　见《圣经·新约全书·马可福音》。

此呀？"女人一改刚才的矜持和谨慎，一针见血地说道，"我的丈夫，一番濑半兵卫乃是佐佐木家的浪人。他从没有在敌人面前临阵逃脱过。在攻陷长光寺的城堡时，我丈夫因赌博失利而输掉了战马和盔甲。即便这样，到交战的那一天，他还是把写着'南无阿弥陀佛'的纸外褂套在赤裸的身体上，用带枝的竹子代替战旗，右手挥动着三尺五寸的大刀，左手打开红纸扇，大声地高喊着'与其做偷食少年，不如夺敌狗头'，向即使在织田信长手下之中也堪称恶鬼的柴田军队冲将上去，把对方杀得个屁滚尿流。而被钉在十字架上的天主，竟然发出了那种可怜的哭声，真让人瞧不起。信奉那种胆小鬼的宗教，会有什么好处呢？当着丈夫的灵牌，我怎么可能让你这个属于那胆小鬼一派的人，去为我儿子看病呢？新之丞毕竟是我丈夫——就是那个'夺敌狗头'之人的儿子呀。与其让他吃胆小鬼开的药，还不如让他剖腹自杀吧。早知道是这样，我才不会专门跑到这里来呢。——唯独这一点让我懊悔不已。"

女人一边无声地抽噎着，一边转身背对着神父，恍若躲避毒风的人一样，匆匆地走出了教堂，而瞠目结舌的神父则被抛在了原地……

大正十二年（1923）三月

（唐先容　译）

保吉的手账

# 汪

　　一个冬日黄昏，保吉在一家算不得干净的餐馆二楼上嚼着油哈喇味儿的烤面包。而在他就座的桌子前面，是一堵业已裂纹的白色墙壁。那儿还贴着一张细长的纸条，上面歪歪斜斜地写着："另有 hot（热）三明治供应"（保吉的一个同事竟把它读作"呵——热三明治"，想来真是不可思议）。字条的左侧是一道下楼的阶梯，右侧紧挨着一扇玻璃窗户。他一边嚼着烤面包，一边不时茫然地眺望着窗外。在窗外的马路对面，有一家白铁皮屋顶的旧衣铺，只见店堂里悬挂着好些蓝色的工作服和黄褐色的斗篷。

那天晚上从六点半开始，学校里要举行英语演讲会，保吉自然也有义务出席。只因不住在这个镇上，从放学后到六点半的这段时间里，哪怕打心眼里不情愿，他也只能蜷缩在这个地方。想来，土歧哀果[1]就写过这样的和歌——如果记忆有误，就只好敬请包涵了——"千里来此地，牛排乏味如嚼蜡，岂不恋吾妻"。保吉每次来到这儿，必定会想起这首和歌。只是他还不曾结婚，谈不上有那样一个令他爱恋的妻子。然而，当他望着旧衣铺的店堂，嘴里啃着油哈喇味儿的烤面包，望着"hot（热）三明治"时，那"岂不恋吾妻"的诗句就会不由自主地涌上嘴唇。

这时保吉注意到，在自己身后有两个年轻的海军武官正啜饮着啤酒。其中的一个他也认识，是和自己同一所学校的会计官。保吉平素与武官疏于往来，自然不知道这个人的名字。不，不仅限于名字，就连他的军衔是属于少尉还是属于中

---

1　土歧哀果（1885—1980），是日本和歌诗人土歧善麿的别号。

尉也一概不知。他只知道一点，那就是每个月去领月饷时，钱必定会经过这个武官之手。而另一个顾客那就全然不认识了。每当那两个人倾杯而尽，又重新追加啤酒时，嘴上尽是嚷嚷着"来酒啊！""喂！"之类的语句。尽管如此，女侍依旧不厌其烦地用两手捧着酒杯，不亦乐乎地在楼梯上跑上跑下。而对于保吉这边，即便只是要一杯红茶，也老是不肯轻易地送过来。说来，这也不是此家餐馆特有的现象。在这个镇上，无论去到哪一家咖啡馆和餐馆，无一不是这样一副德行。

那两个人一边呷着啤酒，一边大声地说着什么。当然，保吉并非有意要偷听他们的谈话，但蓦然间一句话却让保吉大吃了一惊："叫一声'汪'！"保吉是一个对狗没有好感的人，一想到在不喜欢狗的文学家中间，可以列举出歌德和斯特林堡的名字，他就会感到一阵欣慰。因此当他听到这句话的时候，脑海里立刻浮现出的，是这种地方惯常豢养的那种大洋犬。与此同时，一种毛骨悚然的感觉攫住了他，就恍若那种狗正在他的身后蹿来蹿去似的。

他不由得偷觑了一下身后，幸好没有看见狗的影子。唯有那个会计官一面望着窗外，一面嗤嗤地笑着。保吉由此推测，或许狗就在窗户的外面吧，但不知为什么，却又总感到有些蹊跷。这时，会计官又一次开口说道："叫一声'汪'！喂，快叫啊！"保吉稍微扭过身子，窥探着对面的窗下。首先映入他视线的，是那些兼做正宗名酒广告的门灯，它们悬垂在屋檐下，此刻还没有点亮。然后看见的是卷起来的遮阳帘子。随后是晒在用啤酒桶做的太平水桶上而忘记拾掇的木屐罩。接着出现的是马路上的水凼。再接下来——直到最后，都没有看见狗的影子。取而代之出现的，是一个十二三岁的乞丐。只见他兀自伫立在那儿，抬头仰望着二楼的窗户，一副饥寒交迫的样子。

"叫一声'汪'！莫非你不肯叫？"

会计官又这样对乞丐呼喊道。在他的这句话语里，似乎有着某种能够控制乞丐心灵的力量。乞丐几乎就像是一个梦游症患者一般，眼睛依旧朝上望着，而身体则向着窗户挪近了一两步。保吉这才终于明白了那个坏心眼会计官的恶作剧。恶作剧？——或许不是什么恶作剧吧，否则便堪称一种实验——是对人为了消除口腹之饥，到底肯在多大程度上牺牲自己尊严的实验。在保吉看来，这个问题大可不必像现在这样来进行什么实验。以扫[1]为了烤肉而放弃长子的权利，保吉也是为了面包而做了教书匠的。只要看看这样一些事实，不就足矣吗？可是对于那个实验心理学者来说，仅凭这些，是很难满足其研究心理的吧。正如今天自己教授给学生们的那句拉丁文所言："嗜癖无可理喻（De gustibus non est Disputandum）。"人各有志，仁者见仁，智者见智。倘若想实验一番，那就随其所便好了。——保吉一边这样思忖

---

1 参见《圣经·旧约·创世记》。烤肉疑是红豆汤之讹。以撒和利百加有孪生子以扫和雅各。哥哥以扫喜好打猎，深得父亲宠爱，而弟弟雅各则生性安静，深受母亲喜欢。有一天，雅各熬汤，以扫从田野回来时已经快要累昏了，于是向弟弟要红豆汤喝，可弟弟却要哥哥把长子的名分卖给自己。以扫说，我饿得即将死去，这长子的名分于我有何意义，遂起誓卖之。于是雅各把饼和红豆汤给了哥哥，而以扫喝完后随即起身而去。

着，一边望着窗下的乞丐。

会计官沉默了一阵子。乞丐开始忐忑不安地张望着马路的前后左右。显然，即便对仿效狗叫并没有什么特别的抵触感，但乞丐肯定还是觉得周遭人们的耳目令人生畏。谁知不等乞丐定下神来，会计官就把一张通红的脸伸出了窗外，这一次只见他手里挥舞着什么东西，嘴上还说道：

"叫一声'汪'！如果你肯叫，我就给你这个！"

有那么一刹那，乞丐的脸上似乎燃烧起了求食的欲望。保吉时常会对乞丐这种人物萌发一种罗曼蒂克的兴趣，却一次也不曾涌起过类似怜悯或同情的感觉。倘若有人说他自己有过那种感觉，保吉肯定会认为，说这话的人要么是一个傻瓜，要么就是在撒谎。但此刻，看见那个小乞丐仰着头，双目生辉的模样，他的心里不免萌生了一丝怜爱。不过，这里所用的"一丝"这个词，的确堪称不折不扣的一丝。与其说保吉觉得那小乞丐值得怜爱，不如说他从那乞丐的身影中欣赏到了一种伦勃朗式的艺术效果。

"不愿叫？喂，快叫一声'汪'，快！"

乞丐紧蹙起眉头，叫了一声：

"汪！"

但声音委实太过微弱。

"再大声一点！"

"汪！汪！"

乞丐终于吠叫了两声。不等声音落地，一只脐橙便突然向窗外飞去——接下来的事情大家肯定不难设想了。不用说，乞丐朝着脐橙来了个饿狼扑食，自然引得会计官哈哈大笑。

那以后过去了一个星期，又到了发饷的日子。保吉到会计部门那里领取月饷，只见那个会计官一副忙碌不堪的样子，忽而翻弄那边的账簿，忽而摊开这边的文件。看见保吉进来，他只说了一句："是来领月饷的吧？"而保吉也只回答了一声："是的。"但或许是因为会计官公务太多的缘故吧，迟迟没有把月饷交给保吉。不仅如此，最后身着军服的他竟然背对着保吉，一直不停地拨弄着算盘。

"会计官……"

保吉等了一阵之后，几乎是哀求似的叫了一声。会计官这才隔着肩膀看了看保吉。从他的嘴里显然就要迸出这样的字眼了："很快就好啦。"然而，保吉抢在他前面，一字不差地说出了预先准备好的一句话：

"会计官，是想让我叫一声'汪'，对吗，会计官？"

保吉相信，他说这话时的声音肯定比天使还要柔和。

# 洋人

这所学校里有两名洋人，他们是来教授会话课和英语作文课的，一个是叫汤森特的英国人，而另一个则是名叫斯塔雷特的美国人。

汤森特先生乃是一个已经谢顶、又说得一口

流利日语的好心老头子。本来，若论洋人老师，不管他是何等庸俗之辈，一旦说起莎士比亚和歌德来，全都会口若悬河，喋喋不休。但幸运的是，汤森特先生甚至对有关文艺的只字片语都绝口不提。有时话题中涉及华兹华斯的时候，他如此这般地说道："诗歌这玩意，我可是一窍不通。就说华兹华斯等人吧，真不知道有什么好的。"

保吉曾经和这个汤森特先生在同一个避暑胜地住过，在从学校来去的路上，乘坐的都是同一辆列车。火车大约要行驶三十分钟，两个人就在车厢里一边叼着格拉斯哥[1]出产的烟斗，一边交替着谈起香烟、学校，还有幽灵的话题。汤森特先生作为一个通神论者，就算对哈姆雷特不感兴趣，至少也对哈姆雷特父亲的幽灵兴趣盎然吧。不过，一旦提到魔法和炼金术以及 occult sciences（神秘学）的话题，他必定会露出一副不胜悲戚的表情，同时摇晃着脑袋和烟斗，说道："神秘的门扉远不

---

1　格拉斯哥（Glasgow），英国苏格兰的城市。

像凡夫俗子们想象的那样难以开启。毋宁说其可怕之处，恰恰就在于很难轻易关闭这一点。对那种东西最好是敬而远之。"

　　而另一个斯塔雷特先生则是一位年轻许多又时髦的人。冬天，他总是在暗绿色的大衣上佩戴一条红色的围巾。与汤森特先生相比，他倒是喜欢不时地浏览一些新近出版的书籍，而且还在学校的英语大会上作过题名"新近的美国小说家"的大型演讲。他竟然在演讲中说，美国新近最伟大的小说家要么是罗伯特·路易斯·斯蒂文森[1]，要么是欧·亨利！

　　斯塔雷特先生所居住的地方，尽管和自己不是同一个避暑胜地，但也是沿线的某个城镇，因此他们也就经常同坐一列火车。至于和他谈论过一些什么话题，在保吉的记忆里已经荡然无存。唯一记得的是，那次在候车室的暖炉前等待火车

---

1　罗伯特·路易斯·斯蒂文森（Robert Louis Stevenson，1850—1894），英国小说家，并不是文中提到的"美国小说家"。他著有《金银岛》等冒险题材小说。

时的情形。当时，保吉打着哈欠，说起了教师这门职业的枯燥乏味。不料戴着无边眼镜，长得仪表堂堂的斯塔雷特先生一边露出微微有些奇妙的表情，一边说道：

"教师可不是什么职业，我想，毋宁说应该称之为天职吧。You know, Socrates and Plato are two great teachers...（您知道，苏格拉底和柏拉图可是两位伟大的教师呀……）。"

罗伯特·路易斯·斯蒂文森是不是美国佬，这并无什么大碍。倒是他把苏格拉底和柏拉图称之为教师——这一点促使保吉打定主意，从此要对这个斯塔雷特先生抱以殷殷友情。

# 午休
## ——某种空想

保吉走出了二楼的食堂。教授文科课程的教官们在吃过午饭之后，大都喜欢步入隔壁的吸烟室里。保吉今天却一反惯例，决定顺着楼梯下到庭院里去。这时，只见一个下士如同蝗虫一般，三步并作一步地从楼梯下跑了上来。一看见保吉，他就突如其来地行了个毕恭毕敬的举手礼，并且飞快地越过了保吉的头顶。保吉一边情不自禁地朝着阒无人迹的空间还以点头之礼，一边慢悠悠地继续拾梯而下。

在庭院里，只见罗汉松与榧子树中间盛开着好多木兰花。不知为什么，木兰树就是不肯把难得的花儿朝向光线明媚的南边。而辛夷树尽管与它非常相似，却必定会把花儿朝向南面。保吉一边点燃香烟，一边为木兰的个性献上自己的祝福。正在这时，就恍如从天投落的石块一般，一只鹡鸰翩然飞了下来。鹡鸰对他毫不认生，一个劲儿地摇晃着尾巴，作为给他带路的信号。

"往这边！往这边！才不是那边呢！往这边来！往这边来！"

他就那样按照鹡鸰的指点，在铺着石砾的小径上漫步前行。但谁又知道鹡鸰是如何作想的，只见它忽然转身飞上了天空。取而代之的，是一个高个子轮机兵，只见他兀自沿着小径朝这边走来。保吉有一种感觉，似乎曾在哪儿见过这个轮机兵。轮机兵在敬过礼之后，从他身边匆匆地走了过去。保吉一边吧嗒着香烟，一边继续思忖着那个人究竟是谁。两步，三步，五步——当走到第十步的时候，他终于恍然大悟：那个人就是保罗·高更，抑或是高更的转世。他手上握着的铁铲无疑马上会变成一支画笔，他最终还会被疯狂的朋友用手枪从背后射中。尽管令人同情，但也实属无可奈何。

保吉终于沿着小径来到了大门口前面的广场，那儿有两门作为战利品的大炮并排放在松树和细竹丛中。倘若把耳朵贴近炮身，会听到某种气息从中流淌而过的声音。或许大炮也是会打哈欠的吧。他在大炮下席地而坐，然后点燃了第二根香烟。这时，只见前庭中心的沙砾上，有一只蜥蜴正熠熠闪光。人的腿脚一旦被砍掉，是不可能再生的，但蜥蜴却不同，即便被切掉了尾巴，又可以马上重新长出一条来。保吉就那样一边叼着香烟，一边想道：与拉马克[1]相比，蜥蜴无疑更是一个进化论者。可就在他观察了一阵子以后，那只蜥蜴竟不知不觉地化作了垂落在沙砾上的一抹重油。

保吉终于欠起身来。他沿着刷过油漆的校舍再次穿过庭院，来到了面向大海的运动场。在铺着红土的网球场上，几个武官教师正热衷于比赛的胜负。突然，有什么东西在网球场中间发生了爆裂。与此同时，在球网的左右两侧迸射出了一道浅白色的直线。原来，那不是球在飞舞，而是有人打开了香槟酒的瓶盖。身着衬衫的诸神正津津有味地品赏着香槟酒。保吉一面赞美着诸神，一面绕到了校舍的后庭。

后庭里有很多蔷薇树，但还见不着一束绽开的花儿。他信步溜达着，从延伸到路上的蔷薇树枝上发现了一只毛虫，很快又看见邻近的树叶上

---

1 拉马克（Lamarck，1744—1829），法国生物学家，进化论者。

匍匐着另一只毛虫。毛虫们相互颔首示意，就像是在议论着他或者别的什么一样。保吉决定站在那儿，悄悄聆听它们的对话。

**第一只毛虫**　这个教官几时才会变成一只蝴蝶呢？从俺们曾曾曾祖父那一代起，他就在这地面上四处爬行了。

**第二只毛虫**　没准人是不会变成蝴蝶的吧？

**第一只毛虫**　不，变肯定是会变的。瞧，那儿不是也有人正在飞吗？

**第二只毛虫**　没错，那儿是有人在飞呢，可是，别提有多么丑陋了！看来，人甚至不具备美的意识。

保吉把手搭在额前，抬头眺望着驾临头顶上的飞机。

一个恶魔摇身变成同僚，兴高采烈地走了过来。过去传授炼金术的恶魔如今竟然也在向学生们教授着应用化学。他一边嗤笑着，一边朝保吉搭讪道：

"喂，今天晚上愿不愿意陪我玩玩？"

保吉从恶魔的微笑中清晰地看见了浮士德的两行字迹："理论是灰色的，而生命之树常绿。"

在告别恶魔以后，他又转而走向校舍里面。所有的教室都空荡荡的。他在路过时朝里张望，唯有一间教室的黑板上还留着一幅没有画完的几何图。发现他在偷窥，那幅几何图认定自己会被他擦掉，于是马上一伸一缩着，说道："还要留着下节课时用呢。"

保吉顺着刚才走下的楼梯拾级而上，走进了外语课和数学课的教官室。在教官室里，除了秃顶的汤森特先生之外，不见一个人影。为了消除无聊，这位老教师正一边吹着口哨，一边尝试着跳独脚舞。保吉露出一丝苦笑，走到化妆台前面洗手。这时他无意中看了看镜子，令人吃惊的是，汤森特先生不知什么时候已摇身变成了一个美少年，而保吉自己则成了一个佝偻驼背的白头老人。

# 耻　辱

　　保吉在去教室上课之前，必定会预习教科书上的内容。这倒并非仅仅出自如下的义务感——既然自己领取了月饷，就不应该在课堂上信口开河。由学校本身的性质所决定，教科书上经常出现大量的海外用语，如果不事先好好备课，就很容易谬误连篇。比如说，有"Cat's paw"这种说法，乍一看还以为是指猫的脚，结果却是徐徐微风的意思。

　　有一次，他给二年级的学生讲授了一篇描写航海内容的小品文。那是一篇拙劣得可怕的糟糕文章，就连狂风在桅杆上咆哮、浪涛涌进甲板上的舱口，都没能在文字中体现出来。吩咐学生进行译读，可他自己却率先感到无聊起来。这种时候他最容易受到一种冲动的驱使，便是希望以学生为对象，就思想问题和时事问题侃侃而谈。从事教师这种职业的人，原本就是喜欢教授学科以外的东西：道德、兴趣、人生观——无论取名叫什么都无所谓。较之教科书和黑板上的内容，他更愿意教授某种贴近自己心的东西。但不巧的是，学生偏偏对学科以外的任何东西都无意学习。不，不是无意学习，而是绝对讨厌学习。正因为保吉对此深信不疑，所以即便是在这样百无聊赖的时候，也只能硬着头皮继续进行译读。

不仅要倾听学生的译读，还要严格地纠正其错误。即便在不感到无聊的时候，这么做对于保吉来说，也是一件烦心的事情。一小时的课程终于熬过了三十分钟以后，他让学生们停止了译读。接下来，由他自己开始逐节进行朗读和翻译。在教科书上航海，也同样枯燥至极。与此同时，他的授课方式也枯燥乏味得毫不逊色。他就像横渡无风带的帆船一样，忽而看漏动词的时态，忽而弄错关系代词，举步维艰地向前行驶着。

行驶着，行驶着……保吉突然察觉，距离他预习过的内容，只剩下四五行了。再往前进，就是布满海外用语的暗礁，无法掉以轻心的波涛汹涌的大海。他瞥眼去看了看时钟，距离下课铃响还有足足二十分钟。他尽可能仔细地，译读着预习好的这四五行。但译读完毕，时针竟然只挪动了三分钟。

保吉一筹莫展。能在这种情况下杀出一条血路的，只有回答学生的提问一种办法了。倘若如此时间还有剩余，那就只好宣布提前下课。他放下教科书，"有问题吗"这句话呼之欲出。但就在这时，他的脸突然红了。至于为什么这么红——他自己也给不出理由。总之，根本没想过要糊弄学生的保吉，这时的脸涨得通红。当然，学生们并不知道他的这些心理活动，还是目不转睛地看着保吉的脸。他又看了一眼时钟。接着，他拿起教科书，一股脑地继续往下译读。

在这之后，教科书上的航海可能仍旧无聊。但保吉到现在都还确信——他那时教课的样子，一定比同台风格斗的帆船更为壮烈。

# 英勇的门卫

　　究竟是在秋末，还是在冬初，有关的记忆业已模糊了，反正是在需要套上大衣才能去学校的时节。当大家在午餐桌上坐好之后，一个武官教师向邻座上的保吉讲起了最近发生的一件怪事：也就是在两三天前的深夜，有两三个强盗把小船划到学校后面。正值夜勤的门卫试图只身擒获这帮强盗，谁知经过一番激烈的搏斗，反倒被对方抛进了大海。门卫变成了一只落汤鸡，但最后总算是爬上了岸。不用说，强盗们的小船此时已经消失在了大海的夜幕中。

　　"就是那个叫作大浦的门卫。说来也真够倒霉的。"

　　武官一边大口大口地嚼着面包，一边露出了苦涩的微笑。

　　大浦这个人，保吉也是认识的。几个门卫常常交替着守卫在门口的值班室里。不管是文官还是武官，只要看见是教官从门口进出，他们就必定会行举手之礼。保吉既不喜欢别人对自己敬礼，也不喜欢向别人还礼，所以当他从值班室前面路过时，总是故意加快脚步，不给门卫敬礼的机会。但唯有这个叫作大浦的门卫绝不肯轻易罢休。首先，他就那样坐在值班室里，一直凝神注视着大门内外十来米远的距离。只要一看见保吉的身影，不等人走近，便早已做好了敬礼的架势。既然如此，也只能当作是宿命接受了。对此，保吉总算是死心了。不，不光是死心，相反，近来只要一瞥见大浦，就像遭到响尾蛇觊觎的兔子一般，索性率先摘下自己的帽子。

可从话中得知，就是这样一个人，却被强盗抛进了大海。尽管保吉多少有些同情他，但还是忍不住笑了。

过了五六天之后，保吉偶然在车站的候车室里发现了大浦。一看见他出现，大浦便顾不得此刻身在何地，竟然一下子端正姿势，恭恭敬敬地举起手来，朝保吉行了个礼。保吉顿时陷入了一种错觉，仿佛从他的身后清晰地看见了值班室的门口。

"你不久前……"在沉默了一阵之后，保吉这样搭话道。

"唔，结果没有能够抓住强盗……"

"受了很大的苦吧。"

"幸好身体没有受伤……"大浦一面笑着，一面像是自我解嘲似的继续说道，"如果真的想抓住强盗，或许也不是不能逮住个把的。可是，即便是逮住了，不也就那个样儿吗……"

"所谓'不也就那个样儿吗'，这是指……"

"也不可能得到奖赏什么的。因为在门卫守则里，对这种场合该如何处理，并没有明文规定……"

"即便以身殉职也一样吗？"

"是的，即便以身殉职。"

保吉看了一眼大浦。据大浦自己说，其实他那么做，并非是像勇士那样以命相赌，而是在心里掂量了一番奖赏之后，将本来应该抓住的强盗放走了。但是，保吉一边取出香烟，一边尽可能装得快活地朝对方点了点头。

"的确，如果是那样的话，也真是太荒唐了，结果只能是越冒险越吃亏。"

大浦说了声"啊"或者别的什么。不过，他脸上的表情却显得出奇抑郁。

"可是，一旦给予奖赏，那么……"保吉有些忧郁地说道，"可是，一旦给予奖赏，那么，是不是所有的人都真的会临危不惧呢？——想来，这也多少有些值得怀疑呢。"

这一次是大浦陷入了沉默之中。然而，保吉刚把香烟叼在嘴上，他就连忙擦燃自己的火柴，递到了保吉面前。保吉一边把摇曳着的红色火苗挪向烟头，一边使劲遏止住浮上嘴角的微笑，以免被对方觉察。

"谢谢。"

"不，哪里哪里。"

在不经意说话的同时，大浦把火柴盒揣回了口袋里。但保吉坚信，自己今天又看穿了这个英勇门卫的一个秘密。那火柴上的火苗绝不仅仅是为了保吉才擦燃的。事实上，是为了那些在冥冥之中审视着大浦之武士道的诸神而点燃的吧。

大正十二年（1923）四月

（唐先容　译）

小白

# 一

春天的一个下午，有只叫小白的狗，在寂静的马路上边走边嗅着地面。狭窄的马路夹着两道长长的树篱，枝条上已绿芽初萌，树篱中间还稀稀落落开着些樱花之类的。小白沿着树篱，不觉拐进一条横街。刚拐过去就吓得一惊，顿住了脚。

也难怪。横街前面三四丈远的地方，有个穿号衣的宰狗的，把套索藏在身后，正盯住一只黑狗。那黑狗毫无察觉，只顾大嚼屠夫扔来的面包等物。可是，叫小白吃惊的，不光此也。倘是一只不相识的狗倒也罢了，如今让屠夫盯上的，竟是邻居家的大黑。是那只每天早晨一见面，总要彼此嗅嗅鼻子，跟它顶要好的大黑呀。

小白不禁想大喊一声："大黑，当心！"就在这工夫，屠夫朝小白恶狠狠地瞪了一眼，目露凶光，分明在威吓它："你敢告诉它试试！先套住你！"吓得小白忘了叫唤。岂止是忘了叫唤！简直是惊魂丧胆，一刻也不敢待了。小白眼睛觑着屠夫，开始一步步往后蹭。等到了树篱背后，屠夫的身影刚隐没，就撇下可怜的大黑，一溜烟地逃之夭夭。

这工夫，想必套索已然飞了出去，只听见大黑凄厉的号叫迭声传来。可是小白，别说转回身去，脚下连停都没停。它跳过泥洼，踢开石子，钻过禁止通行的拦路绳，撞翻垃圾箱，头也不回，一个劲儿地逃。你瞧瞧！它跑下了坡道！哎哟，险些叫汽车轧着！小白一心想逃命，八成什么都不顾了。不，大黑的悲鸣犹自在它耳边。

"呜，呜，救命呀！呜，呜，救命呀！"

# 二

小白跑得上气不接下气，好歹回到主人家。钻过黑院墙下的狗洞，绕过仓房，就是狗窝所在的后院。小白像一阵风似的，奔进后院的草坪，跑到这里就不用怕给绳子套住了。尤其幸运的是，绿茸茸的草坪上，小姐和少爷正在扔球玩。看到这光景，小白那份高兴劲儿，就甭提了。它摇着尾巴，一步就蹿了过去。

"小姐！少爷！我今儿遇见宰狗的啦。"小白气都没喘，仰头望着他俩说。

（小姐和少爷当然不懂狗话，所以只听见它汪汪叫。）可是，今儿怎么回事？小姐和少爷都愣在那里，连脑袋也不来摸一下。小白觉得奇怪，又告诉他俩说：

"小姐！您知道宰狗的么？那家伙可凶哩。少爷！我倒是逃掉了，邻居家的大黑却给逮住了。"

尽管如此，小姐和少爷只是面面相觑，旋即说出的话简直莫名其妙：

"是哪儿的狗呀，春夫？"

"是哪儿的狗呢，姐姐？"

哪儿的狗？这回倒叫小白愣住了。（小姐和少爷的话，小白全听得懂。我们不懂狗话，就以为狗也不懂人话，其实不然。狗能学会耍把戏，就因为懂人话。我们不懂狗话，所以像暗中看物、辨别气味等狗的这些本事，人一样都不会。）

"什么哪儿来的狗呀，我是小白呀！"

可是小姐仍然嫌恶地瞅着小白。

"会不会是隔壁大黑的兄弟？"

"也许吧。"少爷摆弄着球棒，深思熟虑地回答说，"这家伙也浑身骏黑嘛。"

小白顿感毛骨悚然。浑身骏黑！怎么会呢，小白从小就白如牛奶。然而此刻一看前爪，不，——不止前爪，胸脯、肚子、后爪、修长有致的尾巴，全像锅底一样骏黑。浑身骏黑！浑身骏黑！小白疯了似的又跳又蹦，兜着圈子拼命狂吠。

"哎呀，这怎么办？春夫，这准是一只疯狗。"

小姐站在那里，几乎要哭出来。但是少爷倒很勇敢，于是小白左肩上猛地挨了一球棒。说时迟那时快，第二棒又朝头顶抡将下来。小白棒下逃生，赶紧朝来的方向逃去。这次不像方才那样，只跑了一二百米。草坪尽头，棕榈树下，有个白漆狗窝。小白来到狗窝前，回头看着小主人。

"小姐！少爷！我是小白呀。变得再黑，也还是小白呀。"

小白声音发颤，有说不出的悲愤。而小姐和少爷哪儿会懂得小白的心情。此刻，小姐不胜厌恶地跺着脚嚷道："还在那儿叫呢，真赖皮呀，这条野狗。"至于少爷，他拾起小径上的石子，使劲向小白砍了过来。

"畜生！看你还敢磨蹭不！还不快滚！还不快滚！"

石子接二连三地飞了过来，有的打中小白的耳根，渗出血来。小白夹起尾巴钻出黑院墙。墙外，阳春丽日下，一只遍体银粉的黑纹蝶正惬意地翩翩起舞。

"啊，难道从今以后，我就成了丧家之犬么？"

小白叹了口气，在电线杆下茫茫然凝望着天空。

# 三

小白被小姐和少爷赶出家门，在东京四处转悠。但是无论走到哪儿，浑身变得黢黑，这事儿它却怎么也忘不了。小白害怕理发店里给客人照脸的镜子，怕雨后路上映着晴空的水洼，怕那路旁橱窗上映着嫩叶的玻璃。何止这些，甚至连咖啡馆桌上斟满黑啤酒的玻璃杯都怕！——可是怕又有什么用呢？瞧那辆汽车，嗯，就是停在公园外面，那辆又大又黑的汽车。漆黑锃亮的车身，映出小白朝这边走过来的身影——清晰得像照镜子一样。能映出小白身姿的东西，犹如那辆等人的汽车，比比皆是。若是小白看见了，该多害怕呀。喏，你瞧瞧小白的脸。它不胜痛苦地哼了一声，立即跑进公园。

公园里，微风拂过梧桐树的嫩叶。小白耷拉着脑袋在林子里走着。这里除了池水，幸好没有别的东西能照见小白的身影，唯有白玫瑰上一只只蜜蜂发出的嗡嗡声。公园里平静的气氛，使小白暂时忘了变成丑陋的黑狗这一悲哀。

可是，这样的福气就连五分钟都没坚持住。小白宛如做梦似的，走到挨着长凳的路边。这时，在路的拐角那头，连连响起一阵犬吠。

"汪，汪，救命呀！汪，汪，救命呀！"

小白不由得浑身发颤。这声音，让小白心中再一次浮现出大黑那可怕的结局，历历如在眼前。小白闭起眼睛，想朝原路逃去。但是，正如俗话所说，那只是一刹那间的念头，小白一声怒吼，雄猛地转回身去。

"汪，汪，救救我呀！汪，汪，救救我呀！"

这声音在小白听来，犹似变成这样的话：

"汪，汪，别当胆小鬼呀！汪，汪，别当胆小鬼呀！"

小白一低头，便朝着有声音的地方冲去。

跑到那里一看，出现在小白面前的并不是什么屠夫。只是两三个穿着洋服放学回家的孩子，叽叽喳喳，拖着一只颈上套着绳子的茶色小狗。小狗拼命挣扎，不肯让他们拖走，一再喊着："救救我呀！"可是孩子才不听那一套，只顾笑啊嚷的，甚至用鞋踢小狗的肚子。

小白毫不犹豫，冲着几个孩子猛吠起来。小孩子突遭袭击，这一惊可非同小可。小白气势汹汹，神情吓人，那怒火中烧的目光，利刃一般龇出的牙齿，看似当即就会咬上一口。几个孩子四散逃走，有的慌不择路，竟跳到路边的花坛里。小白追了一两丈远，然后一转身，朝着小狗责怪似的说：

"好啦，跟我一道来吧，我送你回家。"

小白旋即又朝来时的树林里猛跑过去。茶色小狗也撒欢儿跑了起来，钻过长凳，踢倒玫瑰，毫不示弱，颈上犹自拖着那条长长的绳子。

两三个小时后，小白和茶色小狗立在一家寒

磕磴脚的咖啡馆门前。白天一片昏暗的咖啡馆里，早已灯火通明。音质沙哑的留声机，正在放浪花小调一类的曲子。小狗得意地摇着尾巴，对小白说：

"我就住在这儿，在这家叫大正轩的咖啡馆里。——叔叔，你住在哪儿呀？"

"我吗？——在老远的一条街上。"小白凄凉地叹了口气，"行了，叔叔该回家了。"

"再待会儿吧。叔叔家的主人厉不厉害？"

"主人？干吗要打听这个呢？"

"您家主人若是不厉害，今晚就住在这儿吧，也好叫我妈妈谢您救命之恩啊。我们家里有很多很多好吃的，像牛奶啦，咖喱饭啦，牛排啦什么的。"

"谢谢，谢谢。不过，叔叔还有事，等下次来再吃吧——向你妈妈问好。"

小白瞟了一眼天空，然后静静地沿着石板路走去。咖啡馆檐头的上空，一钩新月，正自清辉流荡。

"叔叔，叔叔，我说叔叔呀！"小狗伤心地用鼻音喊道，"那就请把尊姓大名告诉我吧。我叫拿破仑，又叫小拿破，或者拿破公——叔叔叫什么名字呢？"

"叔叔名叫小白。"

"小白？叫小白多奇怪呀？叔叔浑身不全是黑的吗？"

小白不禁悲从中来。

"那也叫小白。"

"那我就喊您小白叔叔吧。小白叔叔，过几天请务必再来呀。"

"那么，拿破公，再见了。"

"小白叔叔，请多保重！再见，再见！"

# 四

小白后来怎么样了呢？报上早有许多介绍，这里无须一一赘述。一只勇敢的黑狗，屡屡救人于危难之中。还有，一部叫《义犬》的电影也风靡一时。凡此种种，想必已是众所周知的了，那只黑狗正是小白。倘不巧还有人不知的话，请看以下摘引的报道：

《东京日日新闻》讯：昨日（五月十八日）上午八时四十分，奥羽线北上特快列车通过田端站附近一平交道时，因扳道夫之疏忽，田端一二三公司职员柴山铁太郎之长子实彦（四岁）进入列车经过的线路之内，险些被列车碾死。当此千钧一发之际，一只矫健的黑犬闪电般奔上平交道，从列车轮下成功地救出实彦。之后，这只勇敢的黑犬却于众人喧哗骚然中悄然他去，故而无法加以表彰，当局至感为难。

《东京朝日新闻》讯：美国富豪爱德华·巴克雷先生之夫人，现避暑于轻井泽，携有一宠爱之波斯猫。该别墅近日出现一七尺余长大蛇，于露台上正欲吞食夫人之爱猫。这时突然蹿出一只从未见过之黑犬，救出小猫，经过长达二十余分钟之搏斗，终将大蛇咬死。事后，这只大无畏之黑犬却不知去向。夫人悬赏美金五千，以求该犬之下落。

《国民新闻》讯：在翻越日本阿尔卑斯山脉时，曾一度失踪的三名第一高等学校学生，八月七日已安抵上高地温泉。他们于穗高山与枪岳之间迷路，加之日前一场暴风雨，尽失帐篷与口粮，几不抱生还之念。正当三人彷徨于溪谷，走投无路之际，出现一只黑犬，恰如向导一般在前引路。三人紧随其后，趱行一日多，方得以抵达上高地。据称，该犬一俟温泉旅馆之屋顶展现于眼下，便欢叫一声，随即消失于来时的山白竹之中。三人深信，该犬实乃神明之加护。

《时事新报》讯：名古屋九月十三日大

火，烧死十余人，横关市长亦几失爱子。因家人疏忽，公子武矩（三岁）被遗忘在烈火熊熊的二楼，即将葬身于大火之中。此时，一黑犬将其衔出。市长随即下令，在名古屋市内，今后一律禁止捕杀野犬。

《读卖新闻》讯：宫城巡回动物园于小田原城内公园展出，连日来，观者甚众。十月二十五日下午二时许，该动物园一头西伯利亚产大狼，突然捣毁坚固的兽槛，咬伤门卫二人，向箱根方面逃窜。小田原署为此采取紧急行动，于全城范围内实施警戒。下午四时半左右，该狼出现于十字路口，与一只黑犬撕咬起来。黑犬奋力恶战，终将对手咬得匍匐在地。执行警戒之巡警亦赶上前去，当即开枪将狼击毙。该狼学名鲁普斯·吉干蒂克斯，属极其凶猛之狼种。再者，宫城动物园主声称，以枪杀狼，实属不该，扬言欲控告小田原署长，云云。

# 五

秋天的一个午夜，小白身心疲惫，又回到了主人家。当然，小姐和少爷早已入睡。诚然，此刻恐怕无人不在梦乡。阒然无声的后院草坪上，唯见一轮明月悬于高高的棕榈树梢。夜露打湿了小白的身躯，它卧在昔日的狗窝前，对着寂静的月亮，自言自语起来：

"月亮啊，月亮！我对大黑见死不救，自己全身变黑，想必就是这个缘故吧。可是，自打离开小姐和少爷之后，我甘冒一切危险，一直奋斗拼搏。那是因为，每逢见到自家比炭还黑的身子，就不免对早先的懦夫行为感到无地自容。这一身黑，真让我深恶痛绝——这身黑炭，真想把它结果掉！为此我往火里跳，与恶狼斗。可奇怪的是，我这条命任凭多强的对手都夺不走，恐怕死神一见我这样子也退避三舍了吧。我痛苦得无以复加，唯求一死了之。只是，即便要死，也想先跟疼爱过我的主人见上一面。不用说，小姐和少爷明天一见到我，准会又当我是条野狗。兴许还会给少爷的球棒打死也难说，那倒正是我求之不得的呢。月亮啊，月亮！我除了见见主人之外，没有旁的念头了，所以我今晚才大老远又跑回这里。等天一亮，就叫我见到小姐和少爷吧！"

小白这么自言自语地说完，将下巴伸到草坪上，不觉呼呼睡去。

"好奇怪呀，春夫！"

"怎么回事，姐姐？"

小白听见主人的声音，遽然惊醒。睁眼一看，是小姐和少爷站在狗窝前，满脸狐疑地面面相觑。小白抬了抬眼睛，复又垂下目光望着草坪。小白变黑的时候，小姐和少爷也是这么惊讶来着。一想起那时的悲愤，自己此刻回来，不免有些后悔。正在这时，少爷突然跳了起来，大声喊着：

"爸爸！妈妈！小白又回来啦！"

小白！小白听闻不禁也跳起来。小姐大概以为它要逃跑，便伸出两手，紧紧按住它的脖子。同时，小白也转眼凝望着小姐。小姐那双漆黑的眸子里，清晰地映着狗窝。不用说，自然是在高高的棕榈树下那间奶白色的小狗窝。狗窝前坐着一只雪白的狗，米粒儿般大小。——小白出神地望着小姐眸子里的小狗。

"哎呀，小白哭啦！"

小姐紧紧抱住小白，抬头看着少爷。至于少爷——你瞧他那调皮的样子！

"咦，姐姐也哭鼻子啦！"

大正十二年（1923）七月

（艾莲　译）

# 孩儿的病

## ——献给一游亭[1]

1 小穴隆一（1894—1966），西洋画家、散文作家，俳号一游亭。芥川的好友。

夏目先生一看见书法挂轴，就自言自语似的说道："这是旭窗的书法吧。"不错，落款果真是旭窗外史。我对先生说道："旭窗该是淡窗的孙子吧，那淡窗的儿子又叫什么呢？"先生当即回答道："恐怕就叫梦窗吧。"

——就在这时，我猛然睁开了睡眼。只见客厅套间里点亮的灯光照进了我的蚊帐里，妻子好像正在给快满两岁的儿子换尿布。不用说，孩子一直在哭个不停。我掉转身子，背对着那个方向，试图再次进入梦乡。这时，传来了妻子的声音："真让人心烦呢，小多加。瞧你，又生病了。"于是，我朝妻子那边搭话道：

"怎么啦？"

"好像是拉肚子了。"与大儿子相比，这孩子动不动就生病。也正因为如此，让人既感到忐忑不安，又不免有些见怪不怪。

"明天你就请 S 大夫来看看吧。"

"嗯，我方才也一直寻思着，是不是今天夜里就请他来看看呢。"

等孩子停止哭泣之后，我又像先前那样酣然入梦了。

第二天早晨，当我醒来的时候，仍旧清晰地记得梦中的情景。淡窗似乎就是指的广濑淡窗，而旭窗、梦窗什么的，好像全都是虚构的人物。说来，我倒是想起，说书先生里确实有个名字叫南窗的人呢。而对于孩子的病，我却并没有怎么记挂在心。真正开始介意孩子的病，还是在妻子从 S 大夫那儿回来，听了她的一番抱怨之后。"大夫说，仍旧是消化不良，还说过一会儿他也要来呢。"妻子就那样把孩子夹在腋下抱着，很生气似的说道。

"发烧吗？"

"大约有三十七度六左右——昨天夜里倒是一点儿也没有发烧。"

随即我又蜷缩进二楼的书斋里，开始着手日常的工作。但工作依旧进展不顺，当然，这倒不一定全都归咎于孩子的病。不久，闷热的雨点开始叩打着庭院里的树木，嗒嗒嗒地下了起来。面对刚刚动笔的小说，我接连点燃了好几支敷岛牌香烟。

S大夫下午来诊断了一次，傍晚的时候又来了一次。而且，傍晚这一次还特意为多加志洗了肠。在大夫洗肠的过程中，多加志一直目不转睛地盯着电灯看。不一会儿，洗肠的药便导出了黑乎乎的黏液，我感到像是目睹了病菌一样。

"怎么样，大夫？"

"没什么大不了的，只需不断用冰块来冷敷额头就行了。另外还要注意，不要过分娇惯孩子才是。"说完，大夫便回去了。

夜里我还在继续自己的工作，直到半夜一点，才终于上床休息了。入睡之前，我上洗手间出来，听见有人在漆黑的厨房里发出一阵阵咯吱咯吱的响声。

"谁呀？"

"是我。"分明是母亲的声音。

"你在干吗呀？"

"我在捣冰块。"

我一边为自己的疏忽感到有些羞愧，一边说了句：

"那点上灯不好吗？"

"摸黑也能行的。"

我打开了电灯，看见只系着一条细腰带的母亲，正笨拙地鼓捣着手中的铁锤。在家里看到她这副邋遢的模样，不免让人觉得有些过于寒碜。只见冰块被水冲洗后的棱角折射出电灯的光线，在那儿忽闪忽闪的。

然而第二天早晨，多加志的体温却超过了三十九度。S 大夫上午又来了一次，与昨天一样给孩子洗了肠。我一边协助他，一边观察着，觉得今天好像只有很少的黏液。不料打开便器一看，却发现黏液远比昨天晚上还多。见此情景，妻子不由得提高嗓门说道：

"哇，居然有那么多！"她的话并没有针对某个特定的听者，嗓音里还带着一种粗俗而轻佻的口吻，以至于让人误以为，她摇身变成了一个年轻七岁的小女生。我情不自禁地瞅了瞅 S 大夫的脸。

"会不会是小儿赤痢？"

"不，不是的。小儿赤痢只可能发生在断奶之前。"S 大夫显得格外镇静。

S 大夫回去之后，我又开始着手每天的工作，那便是完成在《Sunday 每日》上连载的小说。截稿时间已迫在眉睫，也就是明天早晨。我只得挥动笔尖，勉为其难地书写着自己了无兴趣的文字。可是，多加志的哭声动辄便蜇刺着我的神经。非但如此，更讨厌的是，多加志刚一停止哭泣，那个比他大两岁的比吕志又开始放开喉咙，号啕大哭起来。

让人大伤脑筋的还远远不止这些。下午，又

突然冒出一个陌生青年来找我借钱。

"我虽然是一个体力劳动者，但从 C 先生那儿带来了给先生您的介绍信。"青年毫不客气地说道。

眼下我的口袋里也只剩下两三日元了，所以就顺手递给他两三本不用的书籍，让他去变卖成现钱。不料青年一接过书，就立刻翻开底页，开始细心地查找起来：

"这上面写着非卖品呢，非卖品也能变卖成现钱吗？"

于是，我一下子坠入了又可气又可怜的心境中。但我还是回答道：

"总之，应该是可以变卖的吧。"

"是吗？那我就失敬了。"青年有些将信将疑地扬长而去，甚至没有说一句感谢的话。

S 大夫在傍晚时又给多加志洗了一次肠，这一次黏液减少了很多。这时，母亲端来一盆热水，请大夫洗手。

"哇，今天晚上黏液可是少多了。"母亲说道，脸上一副大功告成的表情。而我也一样，尽管并没有彻底放心，但也至少体会到了一种与放心相类似的轻松感。这除了得益于黏液的减少之外，还因为多加志的脸色和举动都几乎恢复了常态。

"明天就会退烧了吧。很幸运，好像没有伴随着呕吐。"S大夫一边回答母亲，一边欣慰地洗着手。

第二天早晨，当我睁眼醒来的时候，保姆已经在客厅隔壁的房间里折好了自己的蚊帐。她鼓捣着蚊帐上的金属扣，听任它发出一阵响声，还仿佛说了句"小多加"怎么怎么的。当时我的脑袋还一片空白，只是敷衍了一句：

"多加志他怎么啦？"

"小多加情况不妙呢，说是必须得住院。"

我一下子从床上撑了起来。正因为事情就发生在昨天和今天当中，其间的变化更让我倍感意外。

"S大夫呢？"

"大夫已经来了，您就赶快起来吧！"保姆像是要藏匿起自己的感情一样，脸上的表情显得出奇生硬。我连忙去洗脸。依旧是那种令人抑郁的天气，天空被云层覆盖住了。在澡堂的提桶里，胡乱地丢弃着两支天香百合。不知为什么，总觉得那天香百合的气味，还有褐色的花粉，等等，很快就要黏附在自己的皮肤上似的。

仅仅才过了一个夜晚，多加志的眼睛已经彻底凹陷了下去。据说今天早晨妻子试图抱起他来的时候，他就那么朝天耷拉着脑袋，吐出了一大摊白色的东西，还一个劲儿地打着哈欠，似乎预示着情况的不妙。我蓦地变得焦灼起来，同时还涌起了某种不祥的预感。S 大夫在孩子的枕边一声不吭地抽着香烟，一看见我，就马上说道：

"我有话对你说。"

于是，我把 S 大夫带到二楼，隔着没有生火的火盆，面对面坐了下来。

"虽然我认为没有生命危险，" S 大夫开口说道。据他说，多加志因为彻底伤着了肠胃，所以近两三天绝对禁食。他继续道，"但让孩子住院或许更加方便吧。"我暗自想，没准多加志的病情远比 S 大夫所说的还要危险。脑海里甚至掠过了这样的念头：即便是让他住院治疗，也无异于亡羊补牢了吧。但现在哪里还顾得上思量这些，我当即拜托 S 大夫准备住院的事宜。

"那就住进 U 医院吧。单凭离家很近这一点，也能带来不少方便呢。"

S 大夫来不及喝端来的茶水，便急匆匆地跑去给 U 医院打电话了。而我则叫来妻子，决定让保姆也一同前往医院。

那一天恰好是我的会客日，一大早就来了四个客人。我一边和客人聊着天，一边惦记着忙于住院准备的妻子和保姆。突然我感到舌尖上有什么近于砂粒的东西，于是琢磨着，会不会是不久前填充在龋齿里的水门汀发生了脱落。但掏出来拿在指尖上一看，却是牙齿的残片。我变得稍有些迷信，但还是一边抽着香烟，一边和客人谈起了抱一[1]那风闻是出手卖给了别人的三味线。

---

1　酒井抱一（1761—1828），江户末期画家，继承了光琳派的画风，在华丽中蕴藏着俳句的情趣。

正在这时，昨天那个自称是体力劳动者的青年又大驾光临。只见他站在大门口，就那样与我交涉起来："昨天给我的书只换了一日元零两毛钱，所以，能不能再给我四五日元？"非但如此，无论我怎样回绝，他都不肯表露出轻易撤兵的迹象。我终于再也忍不住了，大声地呵斥道：

"我可没有闲工夫来听你唠叨，还是请你回去吧！"可是，青年依旧不肯罢休，又说了一大通可怜兮兮的话："那么，至少给我电车费吧！我只要五毛钱就可以了。"

看见这一招也不灵验，他就粗暴地拉上大门口的格子门，转身逃走了。这时我已经打定主意，从今以后再也不做这样的慈善活动了。

不久，四个客人变成了五个客人，第五个客人是年轻的法国文学研究者。当他进来时，我恰好到茶室里探听情况了。只见保姆已经做好了出门的准备，一边抱着穿得厚厚的孩子，一边在套廊上来回踱着步子。我悄悄把自己的嘴唇紧贴在多加志的额头上。他的额头烧得滚烫，嘴巴也在微微地抽搐着。

"车呢?"我小声地问起别的事情。

"您是问车吗? 车已经到了。"不知为什么,保姆竟然像对待外人一样,采用了格外客套的说法。这时,换了和服的妻子也抱着羽绒被和竹篮子走了过来。

"那,我们这就去了。"妻子双手拄地,跪在我面前,用格外肃穆的声音说道。我只说了一句:

"给多加志换一顶新帽子吧。"其实他头上戴的,正是我四五天以前才刚刚给他买回来的夏天用的帽子。

"之前已经换成新帽子了。"妻子回答道。然后她对着衣橱上的镜子照了照,稍稍掩紧了衣领。我没给他们送行,径自回到了二楼上。

我和新来的客人谈论着乔治·桑[1]。这时,透过庭院里那些树木的嫩叶,可以看见两辆车的车篷。车篷顺着墙垣颤颤悠悠地晃动着,很快便从

---

1 乔治·桑(George Sand, 1804—1876),法国著名小说家,是巴尔扎克时代极具风情、另类的小说家。

眼前一掠而过了。

"无论是巴尔扎克，还是乔治·桑，反正十九世纪前半叶的作家就是比后半叶的作家更加伟大。"——我记得，客人这样热情洋溢地评论道。

下午的客人也同样络绎不绝。我终于在黄昏时分赢得了赶往医院的时间。不知不觉，阴天已经变成了雨天。我一边更衣，一边吩咐女佣给我准备高齿木屐。正在这时，大阪的 N 君又跑来向我索要文稿了。N 君穿着粘满烂泥的筒靴，外套上到处是亮晶晶的雨痕。我走到大门口，向他解释着事情的原委，告诉他因为发生了诸多变故，自己一个字也没有写成。N 君对我深表同情，说道：

"那么，这一次就算了吧。"不知为何，我竟萌生了一种感觉，仿佛自己是强迫 N 君来同情我的。同时，感到自己不过是把濒死的孩子当作了一个体面的借口而已。

N 君刚一回去，保姆就也从医院回来了。据保姆说，多加志那以后也吐过两次奶，但幸好病情没有扩散到脑部。除此之外，保姆还谈到了医院护士优秀的品性，以及今天夜里岳母将去医院守夜，等等。最后保姆还说起了另一件事：

"小多加一住进医院，那些主日学校的学生就送来了一束鲜花。哎，正因为是鲜花，反倒觉得有些不吉利呢。"

听罢，我不由得想起自己今天早晨说话时掉了一颗牙的事，但我沉默着，什么也没有说。

走出家门的时候，外面已经一片黢黑，天上还下着霏霏细雨。而就在走出家门的当口，我发现自己脚上穿的竟然是晴天的木屐，左前方的木屐带也是松开的。不知为什么，我突然涌起一种感觉，倘若这木屐带真的断成了两半，那么孩子的生命也会危在旦夕吧。但如果回去重换一双，我又等不及。我一边咒骂着女佣没有为我备好高齿木屐的疏忽，一边小心翼翼地向前走着，生怕一不小心便会踩翻木屐。

到达医院已是九点过了。果然在多加志的病房里面，有五六支山丹和瞿麦浸泡在洗脸盆里。病房里的灯泡上蒙着一层风吕敷之类的东西，所以光线昏暗得甚至看不清人的面孔。妻子和岳母就那样和衣躺在床上，中间夹着多加志。多加志头枕着岳母的手臂，似乎已醺然入睡了。妻子知道我来了，便一个人在蒲团上坐了起来，小声地说了句：

"你辛苦了！"岳母也这样说道，但语气中却透着一种远远超出我预期的轻松感。我多少有些如释重负的感觉，在她们的枕边坐了下来。妻子说，因为给多加志断了奶，不但惹得孩子哭，自己的奶头也胀痛得厉害，感觉是经历了双重的痛苦。

"用塑料奶嘴喂他，他就是不肯吃。最后，只好让他舔了。"

"他现在就正在吸我的奶头呢。"岳母一边笑着，一边露出了自己干瘪的乳头，"瞧，他吸得多带劲啊，一张小脸涨得通红。"

不知不觉间，我也笑了："但似乎远比预想的好呢。刚才我正寻思着，是不是已经绝望了呢。"

"你是说小多加吗？小多加当然已经没事了。

什么呀，不就是寻常的拉肚子吗？明天就会退烧的。"

"这也是托祖师[1]保佑，对吧？"妻子揶揄着岳母。但身为《法华经》信徒的岳母却好像没有听见妻子的揶揄一样，拼命噘起嘴巴，朝多加志的头上吹着冷风，俨然要就此退去多加志的高烧一样……

多加志终于免于一死了。当我赢得他的安康之后，曾经想把他住院前后种种事缀写成一篇小品文。可是，我有一种近于迷信的想法：一旦把它们写成文字，或许他又会旧病复发吧。为此，我终于没有动笔。此刻，多加志正在悬垂于庭园树上的吊床中酣睡着。借着人约稿的契机，我决定姑且把这件事记录下来。而对于读者诸君而言，这毋宁说是一种困扰吧。

大正十二年（1923）七月

（唐先容　译）

---

1　通常指宗教的开山鼻祖。在日莲宗里，指日莲上人。

丝女纪事

　　秀林院夫人，是越中守细川忠兴的夫人[1]，谥号秀林院殿华屋宗玉大姐。夫人去世前的经过现记录如下：

　　一　石田治部少辅[2]之乱那年，也就是庆长五年（1600）七月十日，家父鱼屋清左卫门，来到大阪玉造街的府邸，进献给夫人十只金丝雀。凡

---

1　细川忠兴（1563—1646），安土桃山时代（1573—1603）武将。关原之战（1600）时，效力东军德川家康。德川家康一统天下后，分封四十万担。1620年皈依佛门。通晓和歌、典籍，嗜茶道。细川忠兴夫人，本名玉子，信奉天主，教名葛拉霞。关原之战时拒绝归顺西军石田三成，自杀身亡。在一些著作中称她为"才色双全""贞烈之女性"。但本篇作者以揶揄的口吻，带着偶像破坏的意味，挖掘主人公不为人知的另一面。

2　即石田三成（1560—1600），安土桃山时代丰臣秀吉手下之武将。秀吉殁后，拥戴秀吉之子秀赖，为西军之首。1600年关原一战，与东军德川家康争夺天下，兵败，被斩。

是西洋货，夫人无不喜欢，所以她高兴得不得了。不用说，我脸上也风光得很。说起来，夫人的日用家什中，赝品可不少，像金丝雀这种地道洋货，却是一件都没有。那天父亲乞禀道："秋风渐起，请夫人准假，小女也该出阁了。"我侍奉夫人已有三年多。夫人一点儿都不和蔼，摆出一副贤德女人的架子，因为她认为摆架子比什么都要紧。我在她身边照料，夫人从来都不苟言笑，让人只觉得气闷压抑。所以，听了父亲的话，我心里高兴得简直要飞起来。那天又听夫人说什么"日本国的女人不聪明，就是不看西洋文书籍的缘故"。我心想，夫人来世准得嫁给西洋的王公贵族不可。

二　十一日，有个叫澄见的尼姑来见夫人。听说这尼姑正在大阪城里巴结上头那些人，相当吃得开。她早先是京都一家丝铺的寡妇，嫁过六个男人，人不大规矩。我一见澄见的面，就讨厌得直想吐。可是夫人却一点儿也不嫌她，有时留她聊天，一聊就小半天呢。逢上那时，我们这些贴身侍女，没一个不发怵的。这全是因为夫人爱听奉承话的缘故。譬如说吧，澄见夸夫人的容貌："夫人总是这么漂亮，哪个男人瞧了，准以为才二十刚出头呢。"说得就跟真的似的。可是，夫人长得哪儿像她说的那么漂亮，尤其鼻子过高，外加几粒雀斑。不仅如此，夫人毕竟三十八岁了，就算是晚上看，或远处瞧，也绝不会像二十刚出头。

三　那天澄见来，是私下受治部少辅之托，劝夫人搬进大阪城堡里去住。虽然夫人对澄见说："等我考虑好了，你再去回话吧。"可看起来，夫人似乎很难打定主意。等澄见走后，夫人就跪在圣母玛利亚像前，一心一意地"奥拉消"，差不多隔上半个钟点就祈祷一回。顺便提一句，夫人说的"奥拉消"，不是咱们日本话，是西洋国的拉丁话，因为只听她念什么"闹事闹事"[1]的，那滑稽劲儿，我们得拼命忍住才不至于笑出来。

四　十二日，没什么特别的事。只是夫人打

---

1　音译"奥拉消"与"闹事"，均系拉丁文。oratio 为祈祷之意，noster 意为"我们的"。

一清早就不痛快。夫人不高兴的时候，甭说对我们，就是对与一郎（忠兴之子，名忠隆）少奶奶也要找碴儿，说怪话。逢上这时候，谁都尽量躲着，不到她跟前去。今儿个她就数落少奶奶，什么胭脂抹得太浓啦，又提起《伊曾保物语》[1] 里那段孔雀的故事，说教了半天，我们都觉得少奶奶好可怜。少奶奶是隔壁浮田忠纳言夫人的妹妹，人说不上机灵，不过论长相，却不比任何一个名家制作的美人偶差。

　　**五**　十三日，小笠原少斋（又名秀清）和河北石见（又名一成）两人跑到厨房来。照细川府的规矩，不要说男人，就是孩子，也不能进后面内宅。不过，前面办事的人要是有事求我们递个话，就会到厨房来，这已经成了老规矩。这全因老爷和夫人彼此妒忌的缘故。黑田家的森太兵卫老爷就笑话说："这规矩多不方便呢。"其实，规矩归规矩，总有变通的办法，倒没什么不方便的。

---

1　即《伊索寓言》，早在 1593 年日本便有耶稣会士翻译的罗马字拼音的口语译文。

六　少斋和石见两人把阿霜叫了出去，跟她嘀咕了好一阵。听说，这回凡是追随东军的诸侯，治部少辅都要留下他们的人质。虽说只是些风闻，届时该如何应付，想讨夫人的示下。当时，阿霜告诉我说："他们几个留守看家的，消息也太不灵了。澄见老尼前儿个就提过这事。哎，怎么回这个话，真难为死人了。"可不是么，这又不是什么新鲜事，外面的风声，我们总是比他们前面的人先知道。少斋是个循规蹈矩的老人，石见呢，又是个只知使剑弄刀的武夫。所以，要是再去向夫人禀报，我们内宅的人就不必再说"尽人皆知"这个词，改成"连他们留守看家的都知道了"就行了。

七　阿霜当即如此这般回禀夫人。夫人的意思是："治部少辅同老爷一向不和，一旦要人质，没准头一家就会找上咱们。只要咱们不是头一家，就可以照别人家的样儿去办。要是头一家就找上门来，该如何回话，就让少斋和石见两人拿主意吧。"正因为拿不出主意，少斋和石见才来讨夫人的示下，所以夫人是答非所问。可慑于夫人的威严，阿霜只得照原话如实转达给二人。阿霜回厨房的工夫，夫人又到圣母玛利亚像前"闹事闹事"地祷告起来。有个新来的侍女小梅，禁不住笑出声来，想不到竟挨了一顿打。

八　少斋和石见两人来问夫人的意思，尽管不得要领挺为难，也当下便对阿霜说："要是治部少辅他们来提这事，便回说，'与一郎和五郎（忠兴之子，名兴秋）两位少爷都去了东军一边，内记少爷（忠兴之子，名忠利）现在江户做人质，要人质，本宅没有。'倘如非要我们出人质不可，便回答：'须打发人去田边城（舞鹤），等幽斋（忠兴之父，名藤孝）太老爷的示下。这样办是否妥当？'"夫人虽然吩咐要他们拿主意，可是少斋和石见两人的话里，岂不是连一丝一毫的主意都没拿出来么！且不说年老功高的武士，但凡一般有点儿主见的武士，首先就该请夫人去躲一躲，哪怕就先躲到田边城去；其次让我们这些下人各自逃命去；最后是他们两位负责看家，决心死守。

如果劈头就回人家"要人没有"，那样一来，准得二话不说就打起来。我们这些人跟着受连累，才真是倒霉透顶。

九　阿霜又把这话禀报给夫人，夫人没作声，嘴里只是一个劲儿地念诵"闹事闹事"，过了一会儿，装作若无其事的样子，说："索性就这么办吧。"不论如何，两位留守的人既然没提请夫人避避风头，夫人自己便很难启齿说"让我躲一躲"这种话。所以，少斋和石见两人这样无能，夫人心里准是恨得牙痒痒的。打这时起，她的脾气就愈来愈坏，事事都要骂我们，一骂人，就念什么《伊曾保物语》，谁是青蛙啦，谁又是狼啦，谁都觉得比去当人质还难受。尤其是我，一会儿像蜗牛，一会儿像乌鸦，一会儿又像什么猪呀，小乌龟呀，棕榈呀，小狗呀，毒蛇呀，野牛呀，病鬼呀，骂得我好心烦，我就是到下辈子也忘不了。

十　十四日，澄见又来提出人质的事。夫人说："没得到我们三斋老爷许可之前，无论如何也不能同意当人质。"可是澄见说："不错，唯三斋老爷之命是从，诚可谓贤德。不过，这可是细川府上的大事，就算不搬进城堡，先搬到隔壁浮田中纳言府上总可以吧？浮田中纳言夫人可是与一郎少爷的大姨子，冲着这一点，三斋老爷总不至于见怪吧？就这么办吧！"我顶讨厌澄见这个老狐狸精了，但她今儿说的，我觉得倒也在理。若是搬进隔壁浮田中纳言府上，一来名声好听，二来我们的小命也能保住，没有比这主意更妙的了。

十一 可是，夫人却说："不错，浮田中纳言府算是一门亲戚，但他们与治部少辅可是同党，这我老早就有耳闻。我就算搬过去，人质总归是人质，实在不能苟同。"澄见又游说了半天，费了不少口舌，可夫人压根儿不答应，澄见的妙计终于化为泡影。当时，夫人还提到孔子啦，"伊曾保"啦、弟橘姬[1]啦、耶稣啦，日本和中国的自不必说，还讲到西洋国的故事，就连这个巧舌如簧

---

1　日本神话中的人物，日本武尊的妃子。相传武尊东征时，于相模海上遇到风浪，为平息海神之怒，弟橘姬纵身跳入大海，替武尊献出了生命。

的澄见，看样子都得甘拜下风。

十二　这天傍晚，阿霜哭丧着脸告诉我，说她看见金十字架从天上掉到松树枝上，就跟做梦似的。"这可是大难临头的凶兆呀！"阿霜眼睛本来就近视，胆子又小，平日大家常拿她取笑。我想，她准是看花眼，把星星当成十字架，所以，这话没一点儿准头。

十三　十五日这天，澄见又来了。跟昨天一样，又提出那个办法。夫人说："不论你说多少遍，我死也不会改变主意。"澄见也生了气，临走时说："夫人准是忧心忡忡，哎哟，瞧您这副尊容，看上去有四十好几呢。"夫人简直气破了肚皮，说道："吩咐下去，以后澄见再来，不准通报。"这一天，夫人每隔半个钟点就"奥拉消"一次。眼见这私下商量是谈崩了，人人心里都忐忑不安，连小梅也绷着脸不笑了。

十四　这一天，河北石见与稻富伊贺（又名祐直）争吵起来，伊贺擅长炮术，各府里有很多他的弟子，名声挺大，少斋和石见他们不免有些妒忌，便时有口角。

十五　当天半夜，阿霜梦见敌兵打进来，吓得要死，一边大叫，一边在廊下来回跑。

十六　十六日巳时，少斋、石见两人又来对阿霜说："方才治部少辅方面正式派人来，非叫把夫人交出去不可，否则就上门强行拉人。这要求实在太放肆。请转告夫人，我们就是剖腹也绝不交人。不过，也请夫人有所准备，以防不测。"听说，当时少斋偏巧闹牙痛，由石见代他呈述，而石见简直气昏了头，恨不得拔出剑来乱砍一通，连阿霜都给砍死才解气似的。这些阿霜在书里都写着。

十七　夫人仔仔细细听完阿霜的话，当下就和与一郎少奶奶悄悄商量。后来才听说，夫人劝少奶奶也自裁。我觉得这可太惨了。事情闹到这一步，虽说是不得已，可首先是他们留守的人太没主见，把事情弄糟；其次，是夫人的脾气，等于加快自寻死路的进程。夫人既然劝与一郎少奶奶自尽，就难保不想让我们也陪着一起送命。夫人心里究竟打的什么主意，实在叫人揣摩不透。正在犯难的时候，传令大伙都到她那儿去，我们一个个提心吊胆的，还不知夫人会怎么吩咐呢。

十八　不多时，大伙聚到夫人面前，夫人说："去 Paraiso（天国）这个极乐世界的时刻就快到了，我感到格外高兴。"可是，夫人自己脸色发青，声音发颤，可见压根就是口不应心。夫人接着又说："可你们的归宿，却是黄泉路上障碍重重；你们愚昧不觉，也不皈依天主，将来非下那个叫'Inferno'的地狱，让魔鬼给吃掉不可。打今天起，你们要洗心革面，听从主的教诲。要不然就全陪我自尽，我们一起离开这秽土！那时，我们恳求Aichanjo（大天使），大天使再求主耶稣，让我们瞻仰天国的庄严。"我们一个个呜呜咽咽、感激涕零，大伙当下就异口同声，表示皈依天主。夫人高兴地说："这样一来，你们在黄泉路上就没有障碍了，我也能放下心，无须你们陪我了。"

十九　夫人给三斋老爷和与一郎少爷分别写了遗书，两封都交给了阿霜。后来又用一种不知是什么的洋文，给京都一个叫葛利高利的神父也写了一封，交给了我。这封洋文信才五六行，夫人竟写了半个多钟头。顺便说一句，我送信的时候，有个日本神父神情庄严地说："通常，自杀这种行为在天主教里是被禁止的，恐怕秀林院夫人升不了天国。不过，若是做一场弥撒，进行祈祷，弘扬其功德，庶几可免堕入恶道。倘做弥撒，请赐银币一枚。"

二十　敌人闯进来的时候，我想是亥时。照原先的规定，前面正房由河北石见负责，后门让稻富伊贺把守，内宅归小笠原少斋保护。知道敌人已经攻进来，夫人打发小梅去请与一郎少奶奶，而少奶奶早逃走了，只留下一间空屋子，我们听了，全松了一口气。可是夫人却十分生气，对我们说："我生来，有山崎之战曾与太阁殿下一争雌雄的惟任将军光秀父亲的呵护。死后，于天国将有圣母玛利亚的保佑。临到末日，竟因为这个寻常小诸侯的闺女，蒙受奇耻大辱，实在岂有此理！"夫人说时激愤的样子，我至今还历历在目。

二十一　不大会儿工夫，小笠原少斋身着蓝线缝缀的铠甲，提了一把略小的长刀，来到隔壁屋子等着为夫人断首，随后再剖腹自杀。因为他牙痛得厉害，左半边脸都肿了起来，虽是全身披挂，看上去没一点儿武士的威严。他说："冒昧进起居室多有不便，所以隔着门槛为夫人断首，随后我自己剖腹。"而看着他们临终的差使，则落到阿霜和我两人头上。因为这时节，别人早已逃之夭夭，只剩下我们两个。夫人看着少斋说："为我断首的事，就拜托了。"夫人自打坐上花轿进细川家的门，夫妇子女之间且不论，要说她所能见到的别的男人，今天这位少斋是头一个。这是后来听阿霜说的。少斋在隔壁两手扶席说："临终的时辰已到。"因为脸肿，说话口齿不清，夫人没听明白，要他说得大声些。

二十二　就在这节骨眼上，有个年轻武士穿了一件葱绿色的铠甲，拿着一把大刀，跑进隔壁便说："稻富伊贺反了，敌人已拥进后门，请当机立断。"夫人右手麻利地挽起秀发，显示出决心赴死的气概。许是看见了年轻男子的缘故，不免感到羞涩，忽然脸上飞红，一直红到耳根。我这辈子，只有这时才觉得夫人竟这么美，这是从来都没有过的。

二十三　我们走出大门时，府邸已经起火，火光下，门外聚了很多人。不过并不是敌人，是来看火烧的。敌人在夫人临终之前，就带着伊贺退了。这些全是后来听说的。总之，秀林院夫人临终的经过，大致如上所述。

大正十二年（1923）十二月

（艾莲　译）

三右卫门的罪过

　　事情发生在文政四年（1821）的十二月。加
贺藩宰相的家臣里有一个享受六百石俸禄的马前
护卫，叫细井三右卫门。一个晚上，他把同事衣
笠太兵卫的二儿子数马给杀了，却并不是在两人
的决斗中。那天晚上戌时初刻（约晚上七点多），
三右卫门从歌谣会上往回走的时候，等在南边练
马场的数马突然向三右卫门偷袭过来，结果却反
被三右卫门砍翻了。

　　宰相治修听说了这件事后，下令把三右卫门
叫到自己面前来。他叫三右卫门来其实是有原因
的。首先治修是个聪明的主子，正因为聪明，所
以他不会什么事都不管，一切都放手让家臣干。
他总是自己做判断，身体力行。有一回治修对自

己的两个养鹰匠分别做出了赏罚，从那件事上也可以看出治修遇事是如何处置的。下面就把那件事的经过抄录如下。

有一次，石川郡市川村的青田落下一群丹顶鹤。专司观鸟的随从报告了鹰匠，他的上司又报告给了宰相。宰相听了很高兴，第二天一早就带着一队随从去了市川村。那天带去的有一只幕府赏下来的官用大鹰，另外还带了两只大鹰和两只隼。负责养官用大鹰的鹰匠本来是相本喜左卫门，但是宰相却要自己带那只官用大鹰。那天刚下过雨，宰相走在田间小道上，不留神脚一滑，身子没站稳，那只鹰就趁机飞了，远处的丹顶鹤也跑了。相本喜左卫门看见，一下子来了火，他也忘了眼前的人是谁，就破口大骂起来："你这个东西，怎么搞的？"刚骂完他就猛然回过了神，明白过来这是在主子面前，吓得冷汗直冒，跪在地上等主子砍头。宰相看到他这样乐了："这不怪你，是我的错，饶你无罪。"宰相被相本喜左卫门的忠心所感动，回去后赏给他新地百石，还让他当了鹰匠头儿。

后来那只官用大鹰由柳濑清八负责管。有一回鹰病了，之后宰相把清八叫来问鹰的病怎么样了，柳濑清八回话说："现在鹰的病已经全好了，而且有时还要拿爪子抓人呢。"宰相听了，有点儿不太喜欢清八的小聪明劲儿，就说既然这样，就让鹰练习抓人吧。打这以后，清八没办法，只好在自己儿子清太郎的头顶上放上切碎的肉，早晚让鹰练习抓，于是鹰渐渐学会抓人了。清八先把鹰能抓人这事通过小头目报告给宰相，宰相说这倒挺有意思的，那就明天到南边的练马场去，让鹰去抓管茶的下人大场重玄看看。第二天辰时，也就是八点左右，宰相去了练马场。他让大场重玄站在练马场正中间，然后就喊："清八，放鹰吧。"清八一听命令，立刻将鹰撒了出去。只见鹰径直朝大场重玄飞去，一下子就抓住了大场重玄的头皮。清八看到成了，更来劲儿了，他跑到大场重玄身边，双手拔出给鹰切肉的刀就要刺向大场重玄。宰相一见喝道："柳濑，你要干什么？"

可是这时清八并不理会宰相的呵斥，嘴里一边喊着："鹰抓到猎物了，得给它肉吃才行。"一边仍要去杀重玄。宰相大怒，他迅速掏出手铳，以平时练就的功夫，一铳把清八打死了。

第二，治修一直特别看重三右卫门。有一次三右卫门和另外一个武士一起去抓疯子，结果两人都受了伤。那个武士的眉间和三右卫门的左脸颊被打得青紫，肿得老高。治修把两个人叫来，给了他们丰厚的赏赐。赏过之后，治修就问他们两个："怎么样，伤疼吗？"那个武士一听马上答道："谢主子过问，还好，一点儿都不疼。"轮到三右卫门回话时，他却苦着脸说："这么重的伤都不疼的话，那还是活人吗？"从那以后，治修就看出三右卫门是个老实人。当然另外那个武士也不能说就是巧言令色，治修觉得那个家伙也很可靠。

治修从来就是这样看待人的，这次他也认为除了仔细询问三右卫门外，没有更好的解决办法了。

听说宰相传自己，三右卫门小心翼翼地来到宰相面前伺候着，不过脸上倒看不出害怕的表情。在他的肤色浅黑、紧绷绷的脸上显得有些愤怒，有点儿决心就义的样子。治修开口问道：

"三右卫门，听说数马要杀你，好像和你有什么仇，那么到底有什么仇呢？"

"您说有什么仇？我不知道他和我有什么仇啊。"

治修想了一下，又追问一次：

"你一点儿都想不起来了吗？"

"我真记不得了。不过，没准儿是因为那件事他恨我也说不定。"

"什么事？"

"大约是四天前的事。今年最后一场剑道比赛，在教头山本小左卫门的道场举行，那天我替小左卫门当裁判。本来我只管低级剑道的裁判，可是轮到数马上场时裁判还是我。"

"数马的对手是谁？"

"大名的随从平田喜大夫的大儿子，叫多门。"

"数马输了比赛？"

"是。多门砍到他的胳膊赢了一刀，在他脸上又得手了两刀，可是数马却一刀也没赢。也就是说在三刀定输赢的比赛里，数马输得很惨。也许就因为这件事他恨上我了。"

"这样说来，数马是觉得你当裁判偏心喽？"

"就是。其实我并没偏心，也没必要偏心，但是数马可能怀疑我不公平。"

"平时你和数马的关系怎么样？和他吵过架吗？"

"架倒是没吵过，不过……"

三右卫门说到这儿迟疑起来，看起来倒不是弄不清楚该不该继续说，而是在考虑该先说什么后说什么。治修仍旧是和颜悦色，等着三右卫门再往下说。过了一会儿，三右卫门又开口道：

"是这么回事。那是比赛的前一天，数马忽然为刚才失礼的事道起歉来了，可是我实在弄不明白刚才他有什么事需要道歉。我问他，他只是苦笑什么也不说。我没办法，只好说我不记得你什么地方得罪过我，我也不能接受你的道歉。我这么一说，数马也好像明白了，说那么可能是我记错了，你也别往心里去。这话他说得很明白。我记得他那时已经不再苦笑，好像还真挺高兴的。"

"那么数马是把什么弄错了呢？"

"这我也搞不清楚，不过，总是一些大不了的事吧？除了这些就没什么了。"

治修沉默了一会儿，又问道：

"那么你觉得数马的脾气怎么样？是个疑心很重的人吗？"

"我倒不觉得他的疑心重，总的说起来他年轻气盛，不喜欢把什么事都藏在心里，这样就让人感到他的脾气有点儿烈。"

说到这儿三右卫门停顿了一下，等再要说话时却先叹了口气：

"再有就是他和多门的比赛是场很重要的比赛。"

"很重要的比赛，是什么意思？"

"数马目前是剑道初级，要是他在这场比赛中赢了的话就会升级。当然这对于多门来说也是一样，他也被逼到了困境。数马和多门本就是一个师傅教的，而且两个人的技艺也不相上下。"

治修沉默了一会儿，好像在想什么。忽然他像是想起了什么，转而打听起三右卫门杀死数马当晚的情况来：

"那时候数马的确是躲在练马场下边等你吗？"

"我觉得是这样的。那天晚上忽然下起雪来，我打着伞走过练马场。当时我正好没有同伴，也没穿雨衣。只听到风一下子刮了起来，从左边卷来了一阵雪。我立刻把半撑着的伞往左偏，数马的刀也就是在那一刹那砍过来的。伞被砍了，我倒是一点儿没伤着。"

"他什么都没说就朝你砍吗？"

"我记得他什么都没说。"

"当时你以为是谁砍你？"

"当时也顾不上想什么了。伞被砍着的时候，我不自觉地朝右边跳了过去，我的木屐好像就是那时掉的。第二刀马上也跟着砍了过来，这一刀把我的外衣袖子砍出了五寸长的口子，我又躲开，同时抽出刀来，朝对方砍了一刀。我想大概就是这一刀砍中了数马的肚子。这时对方好像喊了句什么……"

"喊的什么？"

"我也没听清喊的是什么，只觉得他特别激动。这时我才发现是数马。"

"听出是你熟悉的声音来了吗？"

"没有。"

治修直盯盯地看着三右卫门：

"那你怎么知道他是数马的？"

三右卫门默默地什么也不说。

治修又问了一句："你怎么知道他是数马？"

可是三右卫门仍旧低头看着覆在腿上的裙裤，怎么也不说话。

"三右卫门，怎么回事？"

治修的语气忽然变得威严起来，就像变了一个人一样。突然改变态度是治修惯用的手段之一。

这时三右卫门虽然依旧低着头，却张开紧闭的嘴说话了，不过说出的话并不是针对治修刚才问题的回答。出乎治修的意料，三右卫门诚惶诚恐地竟是在谢罪：

"把给您效劳的人杀了，是三右卫门的罪过。"

治修稍稍皱了皱眉头，眼睛不失威严地注视着三右卫门。三右卫门接着说：

"数马对我有气也是有道理的。我当裁判的时候，确实有偏心。"

治修的眉头皱得更紧了：

"你刚才不是说当时没有偏心，而且也不会偏心吗？"

"我现在仍然这样认为。"三右卫门斟词酌句地讲了起来，

"我所说的偏心不是那种意思上的偏心。当然不是什么想让数马输，让多门赢，但是并不是不这样的话就没有偏心了。比起对待多门来，我其实更看重数马。多门的技艺太小气，他觉得无论采用多卑劣的手段，只要能赢就行。这种只计较

胜负的技艺其实是邪门歪道。数马的技艺就不是那么邪性，他总是以真心对待对手，这才是光明正大。我觉得再过两三年，多门的技艺恐怕就赶不上数马了……"

"那你为什么又要让数马输呢？"

"是啊，说的就是这个了。我的确更想让数马赢，可我是裁判啊，就算我想怎么着，也必须把私心抛在一边。一旦我拿着裁判的扇子站在他们的竹刀之间，我就应该遵循天道。正因为我是这样想的，所以我站在数马和多门之间时，心里想的只有公平。但是就像我说过的一样，我想让数马赢。这样说起来的话，我的心是偏向数马的。于是我为了尽量公平，自然会看顾多门一些。不过事后再想，可能是对多门看顾多了些，我对多门有失过宽，对数马却太严厉了。"

说到这儿，三右卫门又停了下来，治修仍默默地偏着头听着。

"他们两个人都瞪着对方，谁都不想先动手。忽然多门好像看出了数马的破绽，朝数马的脸上砍去。可是数马大喊一声，一下子就把多门的竹刀挡了回去。几乎同时，数马的竹刀砍向了多门的胳膊。我的偏心就是在那一刹那开始的。我确实认为是数马赢了一刀，但当时我马上又觉得那一刀好像太软了一点儿。这第二点考虑影响了我的决断，结果我到底没把扇子举向本来应该被判为赢的数马。两个人又僵持了一会儿以后，这次是数马朝多门的胳膊砍了一刀。多门拨开了数马的竹刀，借势就把刀砍向数马的胳膊。多门这一刀看起来还比不上刚才数马砍向他的那一刀，至少不如数马那刀漂亮，可这时我却把扇子举向了他。这就意味着这一刀是多门赢了。我立刻就意识到坏了，可是心里还在念叨：裁判不会出错，我觉得我刚才对这一刀的裁判有失偏颇是因为我心里仍然偏向数马……"

"后来呢？"

治修的表情有些阴沉，他催着又低头不说话的三右卫门往下说。

"两个人又重新摆开架势，竹刀尖对着竹刀

尖，我觉得这回的对峙时间恐怕要长了。可数马的竹刀刚要碰到多门的竹刀时，突然刀尖儿刺向了多门的喉咙。这一刀非常有力，不过这时多门的竹刀也砍向了数马的脸。我马上举起了扇子，判他们刚才打了个平手。不过那时也许不是平手，或者说也许我当时不好确定谁先谁后。不，也许是数马先刺中多门的喉咙，多门后砍中数马的脸也不一定。反正这时两个人又开始了第四回对峙。这回开始进攻的还是数马，他的竹刀又一次刺向了多门的喉咙。但是这回数马的竹刀稍稍朝上了些，多门的竹刀就在数马的竹刀下砍向了数马的身体。然后他们又交手了十个回合，打得难分难解。可到了最后多门却一刀砍向了数马的脸。……"

"那数马的脸……"

"数马的脸被漂亮地刺中了，这一刀无论由谁说也是多门赢了。数马被砍了一刀后有些着急，我看见他着急，心里想这回怎么也得把扇子举向他。可是我越是这么想，举扇子的手就越犹豫。

两个人又对峙了一会儿，大约七八回合以后，不知数马是怎么想的，他居然要和多门拼命了。我之所以说不知道数马是怎么想的，是因为平时他绝对不会拼命的，一看到他要拼命我心里一下子就紧了。我心里当然发紧了，因为多门在抽身躲开的同时，竹刀又漂亮地刺中了数马的脸。这决胜的一刀简直无可挑剔，这下子我终于第三次把扇子举向了多门。——我说的偏心就是这么回事。从我心里的这杆秤来说，也就是在两个人半斤八两的一边略加了一毫而已。但是数马就因为这么一点偏心而输掉了这场重要的比赛，我觉得他怨恨这点也是理所当然的。"

"那么你还手的时候怎么知道对方是数马呢？"

"其实我也不是很明白。不过现在回想起来，我心里某种程度上还是觉得有些对不住他的，所以一下子明白了偷袭我的是他。"

"这么说你还是同情数马喽。"

"是。就像刚才我讲的一样，我把侍奉主上的优秀武士给杀了，觉得实在是愧对主上。"

　　三右卫门说完后头垂得更低了，虽说时值冬月，可他的额头上却冒出了汗珠。不知什么时候开始，治修的态度和缓起来，连连点头。

　　"好了，好了，你的想法我已经知道了。你干的事可能不太好，可也是没法子的事。只是这之后嘛……"

　　治修顿了顿，朝三右卫门看了一眼。

　　"你一刀挥过去的时候，已经知道那人是数马了，那你为什么没有控制住，还是把他杀死了呢？"

　　三右卫门听到治修这样问自己，他昂然地抬起了略黑的脸，眼睛里仍然闪着刚才那种果敢的目光：

　　"我必须把他杀死。三右卫门是家臣，可也是武士。我虽然同情数马，但是我不同情偷袭我的野蛮人。"

大正十二年（1923）十二月

（宋再新　译）

传吉报仇

这是孝子传吉为父报仇的故事。

传吉是信州水内郡笹山村一个农民的独生子。传吉的父亲叫传三，据说他"好酒、嗜赌、爱争吵打架"，惹得全村的人都讨厌他，管他叫无赖。传吉的母亲生下传吉第二年，有人说她病死了，也有人说她有了情人，跟情人私奔了。不过不管事实怎么样，反正这个故事开始的时候，传吉就没有娘了。

这个故事的开始是在传吉刚满十二岁（也有的说是十五岁）那年，也就是天保七年（1836）春天的事。有一天，因为一件小事，传吉"惹着了越后浪人服部平四郎，服部平四郎气得要杀他"。这个平四郎是个剑客，给柏原一个叫文藏的赌徒当保镖。关于"这件小事",却有几种不同的说法。

首先根据田中玄甫写的《旅砚》一书的记载,传吉放风筝时把风筝绞在平四郎的发髻上了。

另外修有传吉墓的笹山村慈照寺(净土宗)曾分发过一本小册子《孝子传吉物语》。据这本小册子记载,其实传吉什么也没干,只是在钓鱼的时候,鱼竿被路过的平四郎抢了。

最后还有一种说法,小泉孤松写的《农家义人传》中的一篇称,平四郎被传吉牵的马踢倒在泥田里了。

不管是哪一种说法,反正平四郎非常生气,为了解气就要拿刀砍传吉。传吉被平四郎追着跑,就逃到他父亲干活的山上去了。他父亲传三当时正一个人在地里照顾桑树,一知道儿子有危险,就把传吉藏在了红薯窖里。所谓红薯窖就是一个相当于一张席子那么大的装红薯的土窝。他把传吉藏在土窝里,在上面盖上了草帘子,传吉藏在里边连气都不敢出。

"平四郎立刻追了过来，见到传三就喊：'老头儿，老头儿，看见一个毛孩子跑到哪儿去了吗？'传三也不是一个好对付的主儿，他胡乱指一条路对平四郎说：'朝那边跑了。'平四郎刚想往那边追，忽然看见传三在偷偷地吐舌头，不禁大怒：'臭乡巴佬，胆子也太□□□□□□□□□□□（书页被蛀不可辨）。'抬脚就要踢传三。传三本来就不怕事，一看到平四郎要踢自己，气更不打一处来。他一把抓住身旁的锄头大声叫道：'看我的吧，还就要让你看看臭乡巴佬的厉害。'

"两个人都互不相让，拼命地打了一小灰儿（应为'一会儿'）……

"到底是平四郎的武艺要高得多，他巧妙地耗尽传三的力气，一手去夺传三的锄头，另一只手就顺手朝传三的肩头砍了一刀……

"传三刚要逃命，平四郎两手握刀一下子就砍了下去……

"平四郎根本没再找传吉，只是慢慢地擦干了刀，然后扬长而去。"（《旅砚》）

躲在红薯窖里的传吉因为缺氧憋得实在受不了，他好容易钻出红薯窖的时候，只看见传三的尸体倒在刚发芽的桑树下。传吉扑在传三的尸体上，过了好久好久，还是一动不动。可是很奇怪，他眼里并没有泪水，反倒是能看出感情的火焰正炙烧着他的心，这是出于他眼睁睁地看着自己的父亲被杀而对自己的愤恨。不管有理没理，只要这个仇不报，他的愤恨就永远不会消失。

可以说打这以后，一直到他死去，传吉几乎就是为了这样的愤怒活着的。传吉把父亲安葬之后，就到了长洼的叔叔家，像长工一样在叔叔家住了下来。他叔叔叫枡屋善作（一说叫善兵卫），是个精明的旅馆老板。传吉住在用人住的屋子，一心一意地想着要报仇。关于传吉报仇的事也有几种说法，至于到底哪种说法准确，也只有存疑了。

一说据《旅砚》《农家义人传》等记载，传吉已经知道仇人是谁。可是据《孝子传吉物语》说，传吉知道服部平四郎的名字"历时三载"。另外在皆川蜩庵写的《木叶》里的《传吉事》中也作"历经数年"。

　　一说据《农家义人传》《本朝姑妄听》（作者不详）等记载，传吉的剑法师傅是叫作平井左门的浪人。左门在教长洼的小孩子读书、习字的同时，有人请教的话好像也教北辰梦想派的剑法。但根据《孝子传吉物语》《旅砚》《木叶》的说法，传吉的剑法是自学的。传吉"或对着树桩喊敌人的名字，或把石头看作是服部平四郎"，一心苦练剑法。

　　到了天保十年，服部平四郎出人意料地销声匿迹了。当然并不是因为他知道了传吉在找他报仇才躲开的，他只是像所有浪迹天涯的人一样，不知跑到什么地方去了而已。听了这个消息，传吉当然感到很丧气，连叹"难道神佛也在保佑仇人吗"。既然这样，要想报仇的话，就必须也出门旅行才行。可是，目前的传吉却不能出门，漫无目的地寻找仇人。传吉深深地感到绝望，结果渐渐染上了赌钱、玩女人的毛病。《农家义人传》讲到传吉这个变化的时候，说他"以赌徒为友，盖欲知仇人之下落耳"，这或也是一种解释。

传吉如此堕落，立刻就被赶出了枡屋家，他只好给号称唐丸之松的赌徒松五郎当喽啰。在之后几乎二十来年里，传吉就这样过着无赖的日子。据《木叶》一书里说，在那段时间里，传吉曾经拐骗枡屋家的姑娘，还敲诈过长洼驿站的人。但是从其他书籍中不载此事这点来看，这些事很难判其真伪。实际上《农家义人传》里就有"有说传吉与乡间恶少时时横行乡里者，其荒诞不足一辩。传吉乃为父复仇之孝子，岂会有这般无状之事"的文字，否定了《木叶》的记载。不过，传吉在那段时间里也一直没忘记为父报仇的事。就连不太同情传吉的皆川蜩庵都这样说："传吉对朋友也没说过自己有仇人，怀有复仇之心的人故意装作不知道仇人名字，实在是有大志者之所为。"然而岁月不停地流逝，平四郎的行踪却依然不得而知。

到了安政六年（1859）的秋天，传吉忽然发现平四郎出现在仓井村。当然，平四郎现在并不像当年那样腰间插着两把刀。不知道他什么时候剃了头发，成了仓井村地藏堂的堂主。传吉感到这简直是"天助我也"。仓井村是个离长洼不足五里的山村，且与笹山村相邻，传吉知道那里的每一条小路（参照地图），他还打听清楚了平四郎现在叫净观。安政六年九月七日，传吉头戴斗笠，穿着出门的衣服，腰里插着长刀，一个人前去报仇。从父亲被杀那年算起的第二十三个年头，传吉终于要实现自己的夙愿了。

传吉前往仓井村时是戌时刚过，也就是晚上八点多钟。传吉为了减少麻烦，所以故意选在晚上行动。在夜晚的寒气中，传吉沿着乡下的小路来到了山里的地藏堂。他从糊窗纸的破洞往里看，在柴火光亮的映照下，墙壁上映出一个大大的人影，但是由于角度不对，却怎么也看不清楚这个人影到底是谁，只能看得出这个大大的人影无疑是个光头。再屏息听了一会儿，除了这个孤独的堂主之外，听不到屋子里还有其他人的动静。传吉先轻轻地把斗笠放在屋檐下的石阶上，然后脱下雨衣，把雨衣叠两折塞到斗笠底下。他这时才发现雨衣和斗笠不知什么时候都被打湿了。可就在这个时候，传吉忽然想要如厕。没办法，他只好钻进小树丛，在漆树下把事办了。就这件事，田代玄甫这样赞扬传吉："其胆子之大，令人恐惧。"小泉孤松则叹道："传吉之沉勇，已臻极致矣。"

一切都准备好之后，传吉拔出长刀，一下子拽开了地藏堂的拉门。进门只见和尚正坐在地炉旁，两腿伸着，显得很自在。他背朝着门也没转身，只是问了一声："谁呀？"传吉一下子感到有些失望。第一，这个和尚的态度不像是自己的仇人；第二，从后面看他的身影，比传吉心目中的形象要憔悴得多。一瞬间，传吉甚至怀疑自己是不是弄错了人。可是事已至此，他当然不允许自己再三心二意了。

传吉回手关上拉门，喊了一声："服部平四郎！"和尚这时仍然不慌不忙，只是奇怪地回头看了看来人。但是当看到闪着白光的长刀时，他把伸长的腿一下子收了回来。在地炉火光的映照下，只见这个和尚是个瘦骨嶙峋的老人。不过，传吉从这人的脸上不可名状的地方看出他正是服部平四郎。

"你是谁？"

"我是传三的儿子传吉，和你有什么仇你应该心里有数吧。"

净观什么也没说，只是睁大眼睛，抬头看着传吉，脸上的表情现出一种难以言状的恐惧。传吉高举着长刀，冷冷地享受着他脸上的恐惧。

"来吧，我是来为传三报仇的，快站起来和我决一胜负吧。"

"什么？你让我站起来？"

眼看着净观的脸上竟然浮现出了笑容。传吉觉得他的微笑里有一种不得了的东西。

"你以为我还能像过去那样站起来吗？我的腿不行了，腰也不行了。"

传吉不由得后退了一步，手里的刀也在空中抖动了起来。净观看见传吉的样子，张着没牙的嘴，又加上了一句：

"就连站我都站不住了。"

"你撒谎，乱说……"

传吉破口大骂，相反，净观却开始冷静下来。

"谁撒谎了？你到村里打听打听就知道了，我去年害了一场大病以后，腰就不听使唤了……"

说到这儿净观把话停了停，眼睛直直地看着传吉：

"我不会说求饶的话，的确像你说的，你爸爸是我杀的。你要是想杀我这个腰不能动的人，就痛痛快快杀吧。"

传吉沉默了一会儿，心里涌出复杂的感情。厌恶、怜悯、蔑视、恐惧，这种种感觉的消长都使他的刀渐渐无力。传吉瞪着净观，犹豫着是砍还是不砍。

"来呀，砍吧。"

净观傲然地把自己的肩头伸了过来，就在这一刹那，传吉闻到了净观身上发出的酒气，同时过去的愤恨也一起涌上了心头。这是对眼睁睁看着自己的父亲被杀的自己的愤恨，无论是与非，不报这个仇心头之恨就无法消除。传吉怒从心起，举起的刀在微微发抖，一下子朝净观斜劈下去……

传吉圆满地报了杀父之仇，这件事迅速传遍了全乡，并受到大家的称赞。官府也没对这个孝子的行为做出什么处罚。由于传吉事先忘了向官府报告，好像自然也得不到官府的褒奖。至于传吉后来的情况，已经不是这个故事的主题了。不过，大概的情形是，明治维新以后，传吉经营过木材生意，经过多次失败，最后精神出现了异常。他死于明治十年（1877）秋，享年五十三岁。但是关于他的结局，各书均未记载。《孝子传吉物语》是这样结束这个故事的：

"传吉其后家颇富裕，得乐享晚年。积善之堂必有余庆，诚哉此言。南无阿弥陀佛，南无阿弥陀佛。"

大正十二年（1923）十二月

（宋再新　译）

金将军

　　夏日[1]里的一天，两个头戴斗笠的和尚走在朝鲜平安南道龙岗郡桐隅里的乡间小道上。实际上这两个人并不是游方和尚，他们是不远千里从日本前来查探朝鲜国虚实的，其中一个人是肥后国守加藤清正，另一个人是摄津国守小西行长。

　　两个人走在稻田间的小路上，眼睛不住地观察着周围的情况。忽然他们发现一个农家小孩在路边枕着一块圆圆的石头当枕头，正呼呼大睡。加藤清正斗笠下的眼睛一动不动地看着这个小孩子：

　　"这个小孩有异相。"

---

1　丰臣秀吉于 1592 至 1598 年侵略朝鲜，此处指距此三十年前的一个夏天。

这个浑身霸气的武将二话没说，抬脚就把小孩当枕头的石头踢飞了。可是令人惊奇的是，那个小孩的头并没落在地上，仍然保持着刚才的姿势，就像枕在刚才石头占的空间一样，依然呼呼大睡着！

"我越看越觉得这个小孩不是个一般的孩子。"

说着加藤清正的手伸向藏在丁香色的法衣下的戒刀把儿，想把日后倭国的后患在萌芽时就除掉。然而小西行长却不屑地笑着把加藤清正的手按住了。

"这么个小孩子能干什么？别无谓地杀生了。"

于是两个和尚又往前走了。可是留着胡子的加藤清正还是放不下心，不时地回头看看那个小孩……

三十年后，当时的两个和尚——加藤清正和小西行长统帅着千军万马杀进了朝鲜。朝鲜八道[1]

---

1　当时朝鲜分为八个道。

的房子被烧毁了，百姓妻离子散，流离失所，四处逃难。京城已经陷落，平壤也不再是王土。宣祖王好不容易才逃到义州，苦苦地等待着大明的援军。如果就这样束手任倭军蹂躏的话，美丽的八道山川便会眼睁睁地化为一片焦土。不过，幸而天道并未舍弃朝鲜，因为上天让昔日田间令人惊奇的小孩子——金应瑞出来拯救祖国了。

金应瑞赶到了义州的统军亭，拜见了面容憔悴的宣祖王。

"我已经来了，请大王放心好了。"

宣祖王强打精神，微笑着说：

"倭将简直比鬼神还要强悍，如果你能战胜他们的话，就先把倭将的首级斩下。"

倭将之一——小西行长一直在平壤的大同馆宠着艺妓桂月香。桂月香是八千艺妓中无可比肩的佳人。不过，她对祖国的担忧之心却像头上插的玫瑰一样一日未曾相忘。就连秋波频传之时，那长长的睫毛下也隐藏着悲伤。

一个冬天的晚上，小西行长和桂月香的哥哥

一块儿喝酒，让桂月香在旁斟酒。桂月香的哥哥也是个皮肤白皙的标致男人。今天桂月香比往日更加媚态十足，不断劝小西行长喝酒，还神不知鬼不觉地在行长的酒杯里下了蒙汗药。

过了一会儿，桂月香和她的哥哥把醉倒的小西行长撂在一边儿，偷偷躲起来了。小西行长在自己的翠金帐外挂上了秘藏的宝剑，就晕晕乎乎地睡了。当然也不能说行长这个人特别大意，其实他在帐子外还挂上了宝铃。如果有人想要钻进帐子的话，帐子周围的宝铃就会立刻响个不停，把行长从睡梦中叫醒。不过行长不知道，桂月香为了不让宝铃响，已经偷偷往铃铛里塞上了棉花。

过了一会儿，桂月香和她的哥哥又回来了。这天晚上，桂月香用绣有花样的裙子包了一包灶坑里的柴灰。她的哥哥——不，其实这个人不是她的哥哥，而是奉王命而来的金应瑞。他把袖子撸得高高的，手提青龙刀，和桂月香悄悄地接近小西行长的翠金帐。就在这时，只见行长的宝剑突然离开了剑鞘，就像鸟的翅膀一样飞向了金将军。但见金将军不慌不忙，对准宝剑吐了一口口水。宝剑一沾上口水顿时没了神通，"啪嗒"一声掉在了地上。

金应瑞大喝一声，抢起青龙刀，一刀把行长的头砍了下来。可是，这个骇人的头颅愤恨不已，龇牙咧嘴地飘起来又要回到脖颈上去。看到这等怪事，桂月香伸手到腰间，掏出灰来撒到了行长脖颈的刀口上。行长的头飞起来好几次，但是怎么也粘不到满是灰的脖子上了。

即使如此，无头的行长尸体仍然伸着手到处找宝剑，一抓到宝剑，捡起来就投向金将军。没料到行长有这么一手的金将军一手抱着桂月香，一跃跳上了房梁。可是当金将军跳上空中的一刹那，宝剑飞过来把金将军的小脚趾砍掉了。

这时候天还没亮。完成王命的金将军背着桂月香走在荒无人烟的野地里。野地的尽头有一轮残月，正要沉入黑暗的山丘背后。金将军忽然想到：桂月香怀上孩子了。倭将的孩子就如毒蛇一般，如果现在不把他杀掉，将来不知会酿成何等大害。金将军就像三十年前的加藤清正一样，意识到只有把桂月香母子除掉才能免除后患。

英雄自古都是将儿女情长踩在脚下践踏的怪物。金将军马上动手把桂月香杀了，剖开桂月香的肚子把孩子掏了出来。在残月光下，可以看到那孩子还只是一团血糊糊的肉块。不想那肉块抖动了起来，突然像人一样大声喊着：

"我再有三个月就能为父报仇了，可惜呀！"

那声音就像水牛叫一般，响彻微明的荒地。与此同时，眼看着一痕残月也沉入了山丘……

这就是在朝鲜流传的小西行长殒命的故事。当然，行长并没有在征伐朝鲜的战争中丧命，但是粉饰历史的并不只是朝鲜一国。其实在日本教育儿童的史书里——或是在教育和儿童差不多的日本男人的历史里，也充满了这样的故事。比如说日本的历史教科书里，哪有一次关于打败仗的记载呢？

"大唐之军将，率战舰一百七十艘，列阵于白村江（朝鲜忠清道舒川县）。戊申日本之船师初至，与大唐船师合战。日本不利而退。己酉，更有日本之乱伍率中军之卒进伐大唐之军。大唐便自左右夹船绕战。须臾之际官军败绩。赴水溺死者众。船首不得回旋。"（《日本书纪》）

任何国家的历史对其国民来说，都必然是光荣的历史。并非只有金将军的传说可博人一笑。

大正十三年（1924）一月

（宋再新　译）

文章

　　"堀川哪，能不能帮着写一篇悼词？星期五给本多少佐开追悼会 —— 到时候校长要拿去念……"

　　走出食堂的时候藤田大佐对保吉这么说了一句。堀川保吉在这个学校教英语译读。不过在教书之余，他时常还要帮人写个悼词、编编教科书、替学生改改天皇驾到时的发言稿、翻译外国报纸的新闻什么的，一般总是藤田大佐吩咐他做这种事。大佐大概快四十岁了，他皮肤微黑，脸上的肉已松弛，显得有些神经质。保吉跟在大佐身后一步左右，走过昏暗的走廊，听了大佐的话不觉"哎呀"了一声：

　　"本多少佐去世了？"

　　大佐好像也挺意外的样子，回头看了看保吉。保吉昨天偷懒没上班，结果没看见本多少佐猝死的讣告。

　　"昨天早上去世的，听说是脑出血——这么着吧，请在星期五前写好，正好后天一早就要。"

　　"好吧，写倒是能写……"

　　藤田大佐的脑子转得挺快，没等保吉开口就说：

　　"我待会儿就把本多少佐的履历表让人送过来，就当写悼词的参考材料吧。"

　　"可本多少佐是个什么样的人呢？我只是见过本多少佐……"

　　"这个嘛，他是个重兄弟感情的人。还有——还有，在班上一直学习成绩拔尖。另外嘛，你就发挥你笔杆子上的本事吧。"

　　这时两个人已经走到了被涂成黄色的科长室门前，停住了脚步。藤田大佐被叫作科长，干的是副校长的差事。说到这份儿上，保吉只好把写悼词应遵循的艺术良心抛在一边了。

"那就只有写他资性颖悟、兄弟情笃什么的，想办法凑合着写喽。"

"那就拜托了。"

和大佐分手后，保吉没去吸烟室，而是回了一个人都没有的教官室。十一月的阳光正好照在窗边保吉的桌上。他在桌前坐下，给一支劣等雪茄点上火。在这以前保吉已经写过两篇悼词了。第一篇悼词是为患盲肠炎的重野少尉写的。当时他刚来学校，不知道重野少尉是个什么样的人，连他长什么样都没记住。不过，那对于他来说是悼词的处女作，多少还有点儿兴趣，所以起草了一篇模仿唐宋八大家的文章，写了什么"悠悠哉白云"之类的句子。第二次是为意外淹死的木村大尉写的悼词，他和木村大尉每天都会在从避暑地开往学校的车上见面，所以能很自然地表达哀悼的意思。可是这次对本多少佐，充其量只是在食堂的时候能看到他那秃鹰似的的脸。再说，保吉现在对写悼词一点儿兴趣都没有。说起来，现在的堀川保吉成了专写悼词的殡仪馆了，奉命在某年某月某日某时把龙灯和花圈送上门的精神生活上的殡仪馆。——保吉嘴里叼着廉价雪茄，心里越来越不高兴。

"堀川教官。"

听到有人喊，保吉才像从梦里醒来了似的，抬头看着站在办公桌旁的田中中尉。田中中尉嘴边留着短短的胡子，长着双下巴，很招人喜欢。

"这是本多少佐的履历表，科长让我交给您。"

田中中尉把几张纸放在了桌上。保吉只是答应了一声"噢"，懒懒地看了看那几张纸。纸上用楷书密密麻麻地罗列着死者叙任的年月日。这不只是一份履历表，无论文官武官，天下所有官吏都由这样的履历表象征着自己的一生。

"另外，我还有个问题想请教请教。——不是外来用语，是小说里的一个词。"

在中尉掏出的纸片上有几行外文，其中一个词下画着蓝铅笔印，"Masochism"——保吉不由得把眼睛从纸片上移开，看向中尉那总是泛红的娃娃脸上。

"是这个词吗？这是受虐狂的意思。"

"好像一般的《英日词典》里没有这个词。"

保吉向中尉解释了这个词的意思，脸上还是毫无表情。

"噢——原来是这个意思啊。"

田中中尉脸上仍然露着开朗的微笑，看着这样憨厚的微笑还真让人着急不起来。现在保吉看着田中中尉幸福的样子，感动得甚至想把精神病学词典里的所有单词都塞进中尉的脑袋。

"这个词的语源——嗯，来自一个叫马索克的人吧？他的小说好看吗？"

"什么呀，全是胡说八道。"

"不过，马索克这个人不是挺有意思的吗？"

"你说马索克啊？那家伙是个笨蛋。据说他积极主张什么政府应该优先出钱支持私娼，而不是增加国防开支。"

田中知道了马索克的毛病后，终于把保吉解放了。其实马索克是不是主张政府应该重视保护私娼而不是增加国防开支，保吉也不怎么清楚，没准儿他对国防开支还是很尊重的。但是如果自己不这么说的话，就根本不可能往田中中尉这个乐天派的脑子里灌输变态性欲的荒谬由来……

田中中尉走了以后，保吉又点上了一支雪茄，一边抽一边在屋里踱步。刚才已经讲过了，保吉在这里教英语，但这并不是他的本职工作，至少他本人并不这么认为。他把创作视为一生的事业。实际上他在当老师以后，仍然会每两个月左右发表一篇短篇小说。其中之一是把圣克利斯朵夫的传说改写成旧译《伊索寓言》风格的小说。这个月一家杂志发表了小说的前一半，现在还要为同一家杂志写下个月的后一半。到了这个月的七号就必须交稿了，现在哪是写悼词的时候啊。每天还有很多工作要做，现在就算不分早晚地用功，小说写得完写不完还说不准呢。保吉想到这儿，对悼词更觉厌烦了。

当挂钟指针指到十二点半的时候，此时不啻于牛顿的脚边掉下个苹果的那个时刻。现在离保吉上课还有三十分钟，要是在这段时间里把悼词写完的话，在辛苦工作的时候就不用再斟酌"悲伤之至"之类的词了。当然，在仅仅三十分钟的时间里就要把追悼"资性颖悟、兄弟情笃"的本多少佐的悼词写好，多少还是有些困难。但是如果有点儿这样的困难就害怕了的话，那么号称比上自柿本人麻吕[1]、下至武者小路实笃[2]的文人还丰富的词汇量岂不是成了吹牛？保吉立刻坐到桌前，蘸水笔往墨水瓶里蘸了一下，开始在试卷纸上一口气写下去。

　　本多少佐办丧事那天是个货真价实的秋日高照的好天。保吉穿着大礼服，戴着高礼帽，跟着十二三个文职教官走在送葬行列的后面。走着走着保吉忽然回头一看，以校长佐佐木中将为首，武官有藤田大佐，文官有粟野教官，他们都比自

---

1　柿本人麻吕（约660—约720），日本诗人，也是日本最早的杰出文学家之一。

2　武者小路实笃（1885—1976），日本小说家，剧作家、画家。

己更靠后。保吉一下子觉得自己的位置很不合适，连忙跟走在身后的藤田大佐打招呼："前面请，前面请。"可大佐只是说了声"不了"，怪怪地微笑着。接着正和校长聊天的小胡子粟野教官半开玩笑半认真地提醒着保吉：

"堀川，按海军的礼仪，越是大官越走在后头，你可不能落在藤田大佐的后头啊。"

保吉这下子更不好意思了。还真是，听他这么一说，保吉才发现那个笑眯眯的田中中尉的确走在队伍的前边。保吉连忙大步赶到田中中尉的身旁。田中中尉今天不像是参加葬礼，倒像是来参加婚礼的。他兴高采烈地和保吉说上了：

"今天天气不错呀。……您刚来吗？"

"不是，我一直在队伍后边的。"

保吉把刚才的经过告诉了田中。中尉听了笑了起来，这笑声甚至让人觉得简直伤害了葬礼的严肃性。

"您是第一回来参加葬礼吗？"

"哪里，中野少尉、木村大尉的时候都

来了。"

"那时候您是走在哪儿的呢？"

"当然跟在离校长和科长老远的后头了。"

"这也——您这成了大将级别了。"

这时，送葬队伍已经走进离寺院不远的街上了。保吉和中尉聊着，还没忘记瞟一眼出来看热闹的人群。这条街上的人从小就看过无数的葬礼，有准确估计丧葬费用的非凡才能。实际上，暑假前一天给教数学的桐山教官的父亲送葬的时候，一个身穿汗衣的老人就站在房檐下，用扇子遮着太阳说："哈，这丧事得用十五块钱吧。"今天也——今天不巧没有人出来露一手。不过，神道教的神官把自己得白化病的孩子扛在肩膀上，想起来也算是奇观了。保吉忽然想到，什么时候应该把这条街上的事写成一篇名叫《丧事》或什么的短篇。

"这个月您好像写了一篇关于基督教的小说吧？"

兴致相当不错的田中中尉不停地活动着自己

的舌头：

"报纸上已经有评论喽，今天的《时事新闻》，不，是《读卖新闻》。待会儿我拿给您看，我把报纸塞到外套口袋里了。"

"不不，这就不用了。"

"您都有作品给人评论了，可我却还只是想写一点评论而已，比如说莎士比亚的《哈姆雷特》。哈姆雷特的性格——"

保吉忽然悟出道理来了：世上之所以充满了评论家也许并不是偶然的。

送葬队伍终于进了庙门。这座寺庙背靠松树林，俯瞰平静的大海，平时大概相当安静。但是今天庙门里被先于送葬队伍而来的学生们占满了。保吉在僧房外脱下新的漆皮鞋，走过正当西晒的长廊，来到佛堂参加丧礼人员的席位，佛堂里只有草席是新的。

吊客的对面是亲属席，在上座就座的大概是本多少佐的父亲。他的脸长得也像秃鹰，头发全白了，身躯却比他儿子还要壮健。在他下手坐着的像个大学生，肯定是本多少佐的弟弟了。第三位是个姑娘，要是本多少佐的妹妹的话显得风度也太好了一点。第四位是——四位以下已经没什么特别突出的了。参加葬礼的席位中，座首是校长，校长的下手是科长，保吉正好在科长的身后。吊客坐成两排，但是没像校长、科长那样坐得规规矩矩，而是盘腿大坐，省得跪得两腿发麻。

　　和尚开始念经，就像爱好艳情小调一样，保吉也喜欢听念经，不管哪一宗派念经都喜欢听。可惜的是，东京、包括东京附近的寺庙就连念经也有了堕落的苗头。听说古时从金峰山的藏王庙到熊野、住吉的菩萨都到法轮寺的院子里来听高僧诵经。可是过去的妙音已经在美国文明传入的同时永久地远离现世秽土了。现在连戴着近视眼镜的住持念佛经的高品也像小学生背诵国定教科书一样，那四个徒弟就不用说了。

　　念经告一段落，校长佐佐木中将缓慢地走到少佐的棺木前。少佐的棺材上盖着白色的缎子，安放在佛像基座正前方的佛堂门口。在棺材前的小桌上，少佐获得的勋章和人造莲花、摇曳着火苗的蜡烛摆放在一起。校长先对着棺材施了一礼，展开左手拿着的好似贵重文书的悼词。悼词当然是保吉两三天前写的"名文"。"名文"并没有什么让保吉感到羞愧之处。他敏感的神经就像旧磨刀石一样，早就被磨薄了。不过有一点，在这场追悼喜剧里，自己也担当了悼词作者的角色。问题还不在这儿，自己不得不以一种颇为惹眼的方式，被卷到这种事里，本来就让保吉感到不太高兴。保吉在校长故意干咳几声的同时，不自觉地低下头看着自己的膝盖。

校长开始用低沉的声音朗读悼词，声音略显干涩，充满了超出文章和语言的沉痛，根本听不出来是在朗读别人代笔的悼词。保吉不由得佩服起校长的演艺本领来了。佛堂里当然鸦雀无声，人们甚至连身子都不动一下。读到"君，资性颖悟、兄弟情笃"的时候，校长的声音更加沉痛了。突然，从亲属席里传出了嗤嗤的笑声。这还不算，那笑声好像还越来越大了。保吉心里一紧，隔着藤田大佐的肩，想在对面亲属席找到那个发笑的人。这时他才发现，他以为的那个不分场合的笑声其实是哭声。

哭声是少佐的妹妹发出的。她梳着旧式的发型，用绸手绢掩着嘴，显得风度很好。不光她，他弟弟——就是那个魁梧的大学生——也是泪水涟涟，连老人也难过得不停用纸巾擦着鼻子。面对这样的场面，保吉首先感到特别惊讶。接着，他获得了一种让观众感动得直哭的悲剧作者的满足感，但最后，他感觉到一种比亲属的感情更沉重、更难表达的内疚感，这是不知不觉把泥腿踩进别人有尊严的心灵般的、难以解脱的负疚感。保吉面对负疚感，在历时一小时的丧礼中第一次诚惶诚恐地低下了头。本多少佐的亲属们不会知道英语教师等人的存在。但是，保吉在心里想象着穿着丑角衣服的拉斯柯尔尼科夫[1]，七八年以后，仍然一个人跪在泥泞的道路上执着地恳求得到大

---

1　陀思妥耶夫斯基的小说《罪与罚》中的主人公。

家的宽恕……

丧礼那天的傍晚，保吉下了火车，穿过避暑地竹篱间的小路，朝海边租住的家走去。走在狭窄的路上，保吉鞋底上沾满了沙子。不知什么时候雾气好像也降下来了。篱笆里有很多松树，透过松枝隐隐约约能看到天空，并且可以微微闻到松脂的清香。保吉低着头，没理会这静谧的环境，缓缓地朝海边溜达过去。

从寺庙回来的途中，他和藤田大佐走在一起。大佐对保吉写的悼词赞扬了一番，并评论说"忽焉玉碎"一句对本多少佐实在是太贴切了。就这么几句好话，已经把看见了死者亲属眼泪的保吉捧得晕晕乎乎的了。上了火车，保吉又和老是和和气气的田中中尉碰在了一起，田中中尉把登了评论保吉小说的《读卖新闻》拿给保吉看。写评论的人是在文坛上颇有盛名的 N 先生。N 先生把保吉的文章骂了个狗血喷头之后，对保吉宣判了死刑：文坛根本不需要海军某学校教官的雕虫小技！

不用半个小时就写好了的悼词出乎意料地让人感动，但是花了好几个晚上的时间认真推敲的小说，却没有得到自己期待得到的感动之什一。当然，保吉对 N 先生的评论完全可以付之一笑，可是他却无法对自己目前所处的地位不当回事。他写悼词获得了成功，写小说却失败得一塌糊涂。从他的角度想想，肯定会失去信心的。命运到底到什么时候才会为了他，把这场令人伤心的喜剧的幕布拉下呢？……

保吉忽然抬头看着天空。从交错的松枝缝隙中看上去，能清楚地看到天边挂着暗淡的红铜色月亮。他注视着月亮，不禁有了尿意。路上幸好一个行人也没有，路两边还是寂静的竹篱。他在右边的竹篱下痛痛快快地撒了一泡伤心尿。

小便还没完的时候，保吉眼前的竹篱忽然吱的一声向后挪开了。原来保吉以为眼前是竹篱笆墙，其实是别人家的木头门。一看从木头门里出来的人是个留着小胡子的男人，这时候保吉也没别的办法，只好慢慢把头偏向一边，硬着头皮把这泡尿撒完。

"真够呛啊。"

那个男人含混嘟囔了一句，听那声音就像不知所措的反倒是男人自己似的。保吉听到这声音，才突然发现天已黑得看不见自己在撒尿。

大正十三年（1924）三月

（宋再新　译）

寒
意

　　一个雪后的上午，保吉坐在物理教官室的椅子上望着火炉里的火苗。黄色的火苗像喘气一样呼啦啦地往上蹿，然后化作黑灰落下来，这正是火焰和屋里的寒气相斗的证据。保吉忽然想起宇宙的寒冷，不禁对烧得通红的煤炭产生了近乎怜悯之情。

　　"堀川。"

　　保吉抬起头看着站在炉子前的理工科大学毕业生宫本的脸。戴着近视眼镜的宫本手插在裤子兜里，长着小胡子的嘴上露出老好人的微笑。

　　"堀川，你知不知道女人也是一种物体？"

　　"我知道她们也是一种动物，可是……"

　　"不是动物，是物体。——这可是我最近苦心研究发现的真理。"

"堀川，宫本说的话你可别当真。"

说这话的是另一个物理教官——长谷川，他也是理工科毕业生。保吉回头看看，长谷川正在保吉身后的桌前看试卷，秃顶下的脸上满是怀疑的微笑。

"你这就不对了，我的发现能让你长谷川幸福得多。堀川，你知道热传导的定律吧？"

"热传导？是电的什么热？"

"嗨，你们文学家真够呛。"

宫本趁这会儿工夫把一铲煤倒进了蹿着火苗的火炉里。

"就是让两种温度不同的物体发生接触嘛，热就会从温度高的物体传向温度低的物体，这种热的移动一直到两种物体的温度相同为止。"

"这还用说吗？"

"这就是热传导的定律呀。我们暂且把女人当作物体，怎么样？这样的话，你想想看，男人自然也是物体喽。此来，爱就相当于热了。现在让男女接触的话，恋爱也像热传导一样，从热情的男人那里传到不热情的女人那里，一直移动到二者的感情相等为止。长谷川的情况就是这样嘛。"

"你看啊，他又开始了。"

长谷川好像还挺高兴，被逗得笑出了声。

"现在把通过面积 S，在 T 时间内转移的热量当作 E，于是——听得懂吗？H 是温度，X 是在热传导中计算的距离，K 是不同物质对应的固定热传导率。这样的话，长谷川的情况就是……"

宫本开始在小黑板上写下一些公式之类的东西，忽然他回过身来，很失望似的把手上的粉笔头扔了："嗨，跟堀川这个外行说这些，我的辛苦都白费了……不管怎么说，反正像长谷川这样已经有了对象的人，肯定会像推算公式那样来劲儿的。。"

"如果世界上真有这样的公式的话，那有多好。"

保吉伸长了腿，懒洋洋地望着窗外的雪景。这间物理教官室在二楼的一侧，所以能很清楚地看到有体操器械的操场、操场对面的松树和后面的红砖建筑。从房子和房子之间望过去，还能看到海，隐隐约约的深色海浪，像烟气一般朦胧。

"不过，文学家可露脸了。怎么样，你最近出的书好卖吗？"

"还那样，根本卖不出去。作者和读者之间好像不起热传导作用。噢，对了，长谷川还没结婚？"

"啊，还有一个月。这里头麻烦事太多了，没法学习真要命。"

"等得都没法学习啦？"

"我也不是宫本，就算成了家，没有房子也够呛。实际上，上个星期天我几乎把全城走了一圈。发现有一家好像是空着的，可是一打听，原来已经被定出去了。"

"我那边不行吗？只要你觉得每天坐火车来学校也无所谓就行。"

"你住得也太远了些。听说那边也有房子，我老婆也想住在那边。哎哟，堀川，你的鞋烤煳了。"

保吉的鞋不知什么时候挨着了炉子，空气里一股皮子烧煳的味儿，皮鞋直冒水汽。

"喂，这也是热传导作用呢。"

宫本一边擦着眼镜，一边瞪着迷迷糊糊的眼睛朝保吉笑着。


四五天以后，一个下霜的阴天，保吉为了赶火车，在靠近避暑地的街上拼命跑着。路右边是麦地，左边是铁道的路基。在一个人影也没有的麦地里，传来阵阵轻微的声响。听那声响就像是有人在麦地里走，其实只是被翻起的土地里的霜破碎时发出的声音。

这时早上八点的上行火车[1]拉着长长的汽笛，以不太快的速度通过了路基。保吉要坐的下行火车比这辆车要晚半个小时。他掏出表来看了看，可是表上不知怎么回事才显示八点十五分。他觉得这个时间差完全怪这表，心里自然生出"今天

---

1 与"下行火车"相对。日本铁路规定，火车运行原则上以地方开往首府方向、支线开往干线方向为上行方向。

绝对不会赶不上车"的想法。路边的麦田渐渐变成了灌木丛，保吉点上了一支朝日牌香烟，心情比刚才好多了。

铺了煤矸石的路面稍稍升高后就是火车道口了。保吉不知不觉走近道口时发现道口两边站满了人，他马上想到大概是火车轧死人了。正好看到旁边有个他认识的肉店小徒弟在道口栅栏边停了一辆自行车，保吉用拿着雪茄烟的手从后面拍了拍小徒弟的肩膀：

"嘿，这是怎么啦？"

"轧着人了，刚才的上行车轧的。"

小徒弟快嘴快舌地说。他耳朵上带着兔皮做的护耳，脸上显得很有朝气。

"谁被轧了？"

"守道口的。眼看一个学生要被轧着了，他去救，结果反被轧着了。八幡宫庙面前不是有一家叫永井的书店吗？就是他家的女孩差点儿被轧着。"

"那个孩子没被轧着吧？"

"就是，你看在那儿哭的就是她。"

他说的"那儿"是指对面有一群人的地方。果然那儿有一个女孩，巡警正在向她问着什么。在旁边有个副站长模样的人时时对巡警说几句。那就是守道口的——保吉看见了在守道口小房子前盖着席子的死尸。他感到有点儿恶心，同时确实又觉得有些好奇。从远处好像可以看到席子下露出了两只鞋。

"那几个人在看着尸体呢。"

在这边的信号灯杆下有两三个铁道工人围着一小堆火。燃着黄焰的那堆火没有光亮也不冒烟，看起来冷飕飕的。一个工人把身子转过去烤着穿着短裤的屁股。

保吉准备穿过道口。铁路靠近停车场，所以有好几条线路通过道口。他走过每条铁轨时都在猜想看守道口的那个人到底是在哪条线路上被轧的，不过他马上就看到是哪条路了。血还留在铁轨上，似乎在向人们诉说两三分钟前发生的悲剧。保吉几乎是反射般地把眼睛转向了对面，可是这并没有用。看到冷冰冰的铁轨上残留的那摊血的一刻，那光景就深深地印在他的脑子里了。这还不算，他甚至还看到铁轨上的血迹正冒着丝丝热气。

十分钟后，保吉到了停车场的月台上，但是走起路来仍然是晃晃悠悠的。他的脑子里全是刚才看到的可怕情景。特别是那滩血冒起的热气似乎还在他的眼帘里。他想起了前几天聊过的热传导作用，血液里生命的热气正像宫本讲过的定律一样，正被铁轨分毫不差地、刻薄地传导着。不管是谁的生命，殉职的守道口工人也好，罪犯也好，都会像这样被刻薄地传导着。他当然知道这种想法没有什么意义，孝子必溺于水，节妇必焚于火。他很多次都试图这样说服自己，可是刚才看到的事实却给他留下了轻易否定这种理论的沉重印象。

但是站台的人们根本不理会他的心情，每个人的脸都像很幸福似的。保吉对此感到十分气愤，特别是正在大声说着什么的那些海军军官更是让他从肉体上感到不快。他点上第二支朝日牌香烟，朝站台尽头走去，在那儿能看到离铁轨两三百米远的那个岔道口。聚集在道口两边的人群好像已经散了。信号杆下铁路工人烧的火仍然摇曳着黄色的火苗。

保吉对那一堆火有了一种同情的感觉。不过，看到那个道口还是让他感到不安。他转过身背对着那边，又回到了站台的人群里。可是还没走几十步，就发现自己的红色皮手套掉了一只。刚才他给香烟点火的时候，明明是摘下右手的手套后拿在手上的。回过头一看，那只手套掉在站台尽头的地上，手掌那面朝上，就像在无声地喊住他一样。

保吉在下霜的阴天里，感受到了一只被丢下的红色皮手套的心情。同时他在寒冷的世界里，感到有微微暖意的阳光洒下来。

大正十三年（1924）四月

（宋再新　译）

少年

# 一　圣诞节

　　去年的圣诞节下午，堀川保吉从须田町街角坐上到新桥的公共汽车。虽然他有座位，但是汽车里满员，仍然挤得连身体都动不了。大地震后的东京马路，汽车在上面开起来颠簸得非同一般。保吉像平时一样把揣在衣兜里的书拿了出来，可是车还没到锻冶町，他就放弃了看书的念头。在这样的车里还能看书，简直就像创造奇迹一般，而创造奇迹不是保吉的职业。那是过去头顶上有美丽光环的西洋圣人的——不，他身边的天主教教士就在眼前创造奇迹。

　　那个教士就像忘记一切似的，专心地看一本

排满外文小字的书。教士好像五十多岁了，是个戴着铁边夹鼻眼镜、脸像鸡冠子一样发红、留着短短胡须的法国人。保吉斜眼瞟了一眼那本书，*Essai sur Les...*（《试论……》）后边是什么没看清楚。不过，不管内容是什么，纸张泛黄、印字小，使人不能像看报纸一样阅读。

保吉的心里冒出对那教士的一丝敌意，并开始陷入漠然的遐想——好多小天使在教士的身边守护着，让他能专心看书。当然，在异教徒乘客当中没有谁能看到小天使。五六个小天使在教士宽宽的帽檐上拿大顶、翻跟头，玩着各种各样的把戏。还不光这些，在教士肩膀上挤着五六个小天使，正在一边观察着乘客的脸，一边讲着天国里的笑话。咦，一个小天使从教士的耳朵里探出了脑袋，再一看，教士的鼻子上也有一个小天使，正得意地骑在夹鼻眼镜上。……

汽车停下了，这一站是大传马町。有三四个乘客开始下车，那个教士不知是什么时候把书放在了膝上，心不在焉地往车窗外张望。下车的乘客刚下完，一个十一二岁的小姑娘就最先上了车。小姑娘穿着粉红色的套装，帽子偏后斜戴着，看起来很活泼。小姑娘抓着车中央的黄铜柱，朝两边的座位打量着。但是，不巧一个空位子也没有。

"小姐，来这边坐。"

教士抬起重重的身子，他的日语说得很熟练，只是略带点儿鼻音。

"谢谢。"

小姑娘和教士交换了位置，坐在了保吉的旁边。她又说了声"谢谢"，声音、表情也像她的脸一样，像个小大人似的富于抑扬。保吉不由得皱紧了眉头。本来小孩子，特别是女孩子，被看作和两千年前的今天出生在伯利恒的婴儿一样清纯无邪。可是根据他的经验，小孩子里也不是没有坏人，而把所有的孩子都看成是神圣的这种思想，就是现在遍布世界的感伤主义。

"小姑娘多大了？"

教士笑眯眯地看着小姑娘的脸，她已经把毛线团放在膝上，就像大人一样开始翻动两根毛衣针织毛衣。她的眼睛注视着毛衣针尖，同时用带着讨好的口气回答着：

"你问我吗？我明年就十二岁了。"

"今天要到哪儿去呀？"

"今天？我正要回家。"

在他们一问一答的时候，公共汽车开到了银座的大街上。不过与其说汽车是在行驶，还不如说是在路上跳，那样子简直和基督在加大拉湖里遇到了风浪差不多。大个子教士把手转到身后抓住黄铜柱，好几次头都差点儿撞上车顶。但他好像把自身的安危都托付给了上帝的旨意一般，脸上仍然露着微笑，接着和小姑娘聊天。

"你知道今天几号吗？"

"12 月 25 号。"

"对，是 12 月 25 号。你知道是什么日子吗？"

保吉又把眉头皱了起来，教士巧妙地把话题转移到传教上去了。伊斯兰教利用《可兰经》、手执刀剑传教，不管怎么说在手执刀剑这一点上还表现出对人的尊敬和热情。可是天主教传教根本不尊重对象，就像告诉你旁边开了一家西装店一样，彬彬有礼地告诉你神的存在。如果你表示不知道的话，他们就会向你推销信仰，以代替学外语的学费。他们还会送给小男孩、小女孩画册和玩具，然后悄悄地把孩子们的灵魂诱拐到天国去，这只能叫作犯罪。可是那个小姑娘仍然一边编织着毛衣，一边不慌不忙地答着话：

"哎，我知道。"

"那么，今天是什么日子？知道的话就告诉我。"

小姑娘终于抬起头来，用水灵灵的眼睛看着教士：

"今天是我的生日。"

保吉不禁瞪大眼睛看着小姑娘，小姑娘已经又把眼睛转到毛衣针上去了。但是她的脸，怎么说呢，已经没了刚才自己想象的那种装腔作势，反而可以从那可爱的脸上看出智慧的光芒，比起幼时的玛利亚也不逊色。保吉不知什么时候发现自己正在微笑。

"今天是你的生日呀！"

教士突然笑了。这个法国人笑的样子就像日本古代故事里的好心巨人。小姑娘这回像是很奇怪似的抬起头看着教士的脸。也不光是小姑娘，包括紧挨着她的保吉，两边的男女乘客都把目光集中到了教士身上。只是他们的眼睛里既没有疑惑，也没有好奇心，大家的脸上都露出了理解教士大笑含义的微笑。

"小姑娘，你出生的日子真是太好了。今天是一年里最好的生日，是全世界都庆祝的生日。你将来，我是说你长成大人时，你肯定……"

教士一边说着一边朝周围看，然后和保吉的目光对到了一起。教士夹鼻眼镜后面微笑的眼睛里闪着泪光，在他那充满幸福的鼠色眼睛里，保吉感到了圣诞节所有的美。小姑娘——小姑娘大概也注意到教士笑的理由了，她多少有点儿故意似的晃悠起腿来。

"你肯定能成为一个聪明的太太，成为一个和蔼的妈妈。再见吧，小姑娘，我要下车了。再见。"

教士说到这儿，又像刚才那样环视着周围乘客的脸。公共汽车正好停在了行人最多的尾张町路口。"那么各位，再见了。"

几个小时后，保吉在尾张町一家乱搭建的咖啡馆的角落里又想起这件小事。那个胖子教士在已经华灯初上的时间里，打算做什么呢？那个和基督同一天生日的小姑娘也许会在晚饭的时候跟爸爸妈妈讲今天发生的事。二十多年前保吉就像尚不知人间辛苦的小姑娘一样，像在无罪问答前忘却了人间辛苦的教士一样，曾有过小小的幸福。那个时候他在大德院庙会买过葡萄干点心，也是在那个时候，他曾在二州楼的大厅看过电影……

"本所、深山那边儿还全是砖瓦堆呢。"

"啊？真的？那吉原[1]那边怎么样了？"

"你问吉原呀？我只听说最近浅草一带有名媛出来卖淫了。"

坐在旁桌的两个商人在继续聊着。其实那些

---

1　东京浅草北部的红灯区。

地方怎么样了倒无所谓。咖啡馆中间点缀着棉花的圣诞树枝上，挂着玩具圣诞老人、银色的星星什么的。煤气取暖炉里的火通红通红的，火光映照到了圣诞树干上。今天是让人高兴的圣诞节，是"全世界都在庆祝的节日"。保吉对着饭后的红茶，懒懒地抽着香烟，想象着二十年前自己在隅田川对岸出生时的幸福……

这几篇小说就是保吉在一支香烟化为灰烬的时间里记录下来的连续掠过自己心头的回忆之二三。

## 二 路上的秘密

这是保吉四岁时的事。那天他和叫阿鹤的女佣人一起偶然走过大河沟的马路。满是黑水的大河沟对面是有名的御竹仓，其实就是一片竹林，后来成了两国停车场。好像听说在这片竹林里能听到所谓的本所七大怪之一的狸子唱小曲。不管是听谁说的，反正保吉相信在那儿不但能听到狸子唱小曲，还有钓上了鱼却带不走的河沟，以及叶子只长在杆一边的苇子。可是现在那片竹林让人觉得瘆得慌，狸子好像被撵走了，只有发黄的竹叶在明亮的阳光下被风吹得摇摇摆摆。

"少爷，你知道那是什么吗？"

鹤姨（保吉那时候就这样称呼她）回头看着保吉，手指着没什么行人的马路。在满是干土的路上，有一根相当粗的线隐隐约约地连绵不断。保吉觉得过去好像也看到过这样的线，可是今天也像那时候一样不知道那条线是什么。

"是什么呢？少爷，想想看。"

这是鹤姨的老一套。不管问什么，她都不会立刻好好告诉你，总要严格地反复要求："好好想想看。"她虽然严格，但是并没有爸爸妈妈那样大的年纪，也就是刚满十五还是十六岁，还是个眼睛下有颗黑痣的小姑娘呢。当然，她之所以这样说，大概是想尽可能地为教育保吉出点力。保吉也很感激鹤姨对自己的关心。不过，如果她那时要是真的知道自己问的是什么意思的话，肯定不会还一个劲儿傻乎乎地说"好好想想看"。打那以后的三十年间，保吉想了很多很多问题。但是在什么都没弄明白这一点上，从和那个聪明的鹤姨一起在大河沟边的马路来回走的时候到现在，竟然一点儿也没变。

"哎呀，快看哪，那儿不是还有一条吗？少爷，好好想想看，这条线到底是什么？"

阿鹤还像刚才一样手指着路上问着。的确，一条差不多一样粗的线每隔三尺左右就出现一段在干土路上。保吉认真地想了很久，最后终于自己发明了一个答案：

"大概是哪个小孩画的吧，拿棒子还是其他什么东西画的。"

"可是有两条排着的呢。"

"那是因为两个人弄的，就成了两条呗。"

阿鹤笑着，嘴上没说不对，却在摇头。

保吉当然觉得不高兴。可是她无所不知，简直就是个德尔菲的巫女，她肯定早就看破路上的秘密了。渐渐地，保吉不再不高兴，反而对路上的那两条线感到惊异。

"那这条线是什么呢？"

"是啊，是什么呢？看哪，和刚才的一样，两条线一直连到前面。"

确实像阿鹤说的，一条线起伏着出现，对面也还有一条同样起伏着。而且这两条线在发白的路上一直延续着，好像一直通到彼岸，直到永恒。这到底是为什么？是什么人画的记号呢？保吉想起了在幻灯上看到的蒙古大沙漠，在那沙漠上也有这么两条线……

"喂，鹤姨，那你说是什么。"

"是啊，好好想想看，你看它们是两条在一起的吧。是什么总是两条在一起？"

阿鹤也像所有的巫女一样，只给出一些模糊的暗示。保吉更来劲儿了，是筷子？手套？还是打鼓的鼓槌？他想起好多两条的东西。可是她对哪个答案都不满意，只是莫名其妙地微笑着，还是一个劲儿地说"不对"。

"喂，快告诉我吧。鹤姨，坏鹤姨！"

保吉终于发脾气了。平时他生气的时候，就连爸爸都不怎么和他硬碰硬，这一点天天守在他身边的阿鹤当然知道得很清楚。这时她才郑重地向保吉解释那是怎么回事：

"那是车轮的印子嘛。"

那是车轮的印子？保吉一下子蒙了，他目不转睛地看着路上那两条断断续续的线，同时他脑子里想象的大沙漠就像海市蜃楼一样消失了。现在只有一辆满是泥土的货车在他寂寞的心里转动着车轮。……

时至今日，保吉仍然牢牢记着当时的教训。三十年来不管什么时候想起来都会感慨：有一个难解的谜也许是一生的幸福呢。

# 三　死

这也是那时候的事。晚上总要喝一杯的父亲

坐在小饭桌前，手里端着酒杯，不知为什么，忽然来了这么一句：

"听说终于大喜了，哎，就是模町的那个二弦琴师傅……"

耀眼的灯光照在黑漆漆的小饭桌上，小饭桌没有比这时更充满美丽色彩的时候了。到现在保吉还清楚地记着——干鱼子、烤紫菜、醋牡蛎、火葱什么的，他喜欢那些食物的颜色。当然，当时他喜欢的并不是那些东西的色彩，他其实更喜欢那些富于浓厚刺激性的、新鲜的色彩。那天晚上他坐在小饭桌前，只盯着垫着一点儿紫菜的生金枪鱼片。这时，已经略带醉意的父亲大概把他的艺术感觉理解成了物质欲望，父亲拿起象牙筷子，故意把带有酱油香气的生鱼片凑到了保吉的鼻子底下。保吉当然一口就把鱼片吃了，为了表示感谢，他对父亲说：

"刚才是那个师傅，这回该我大喜了！"

不光父亲，就连母亲和姨妈也都一下子笑了出来。但是他们笑好像并不只是因为弄懂了他这句富于机智的话。这种担心使他感到多少有点儿伤自尊心，不过，保吉相信肯定是自己刚才的表演让父亲发笑了，再加上能让一家人高高兴兴，保吉也觉得非常愉快，于是保吉和父亲一起放声大笑了起来。

笑过之后，父亲脸上带着微笑，用大手拍着保吉的脖子：

"我刚才说的大喜呀，就是死了的意思啊。"

这样的回答并没有像锄头一样从根上锄断保吉所有的问题，只起到了园艺剪的作用，让他又产生了新问题的萌芽。三十年前的保吉也像三十年后的保吉一样，刚觉得已经找到了问题的答案，却又在答案里发现了新的问题：

"死了是怎么回事啊？"

"这个死了呀……哎，你踩死过蚂蚁吧？……"

父亲也够可怜的，他耐心地对保吉解释起死是怎么回事来了。可是，父亲的解释并没能使坚信自己理论的少年感到满意。当然，被他踩死的蚂蚁的确再也不能爬了，但蚂蚁并不是死了，只是被自己杀了而已。既然它是死蚂蚁，就算不是被自己杀的，也一动不动不能走了。保吉从来不记得在石板路上或桃子树下看到过这样的蚂蚁。可是父亲的解释根本就无视这些差别。

"被杀了的蚂蚁就是死了嘛。

"被杀了不就是被杀了吗？"

"被杀了和死了是一回事嘛。"

"可是，被杀了就是被杀了。"

"不管怎么说，都是一回事。"

"不一样，就是不一样。被杀了和死了不是一回事。"

"笨呢，怎么什么都不明白呢？"

被父亲一骂，保吉当然就哭了起来。可不管父亲怎么骂，不明白的事还是不明白。他在其后的几个月里就像是了不起的哲学家一样，总是思考着关于死的问题。死是无法解释的，被杀的蚂蚁不是死蚂蚁，但它确实死了。再没有什么比这个问题更富有秘密的魅力，让人捉摸不透。保吉每次思考关于死的问题的时候，就会想起在日向院那座寺庙的庭院里看到的那两只死狗。那两只狗的脸背冲着阳光，就像一只狗一样一动不动，另外，表情看起来还很严肃。所谓死，也许和那两只狗有共同之处……

一次，天要擦黑的时候，保吉和从办公室回来的父亲一起在昏暗的浴室里洗澡。虽说是在一起洗澡，但并不是在洗身体，只是哆哆嗦嗦地站在胸那么高的木桶里，玩着正经历处女航的白三角帆帆船。这时好像是客人还是什么人来了，一个比阿鹤大一些的保姆推开满是蒸气的浴室玻璃门，对浑身是肥皂泡的父亲喊了声"老爷"，然后说着什么。父亲答应了一声："行，我马上来。"又转身对保吉说，"你接着洗，待会儿你妈还要洗。"不用说，父亲不在，也不会影响帆船的处女航。保吉看了父亲一眼，老老实实地答应了一声"嗯"。

父亲擦干身上的水，把湿毛巾搭在肩上，猛地使劲抬起沉重的身子。保吉也不管这些，只顾整理好帆船的三角帆。当他听到开玻璃门的声音，抬眼一看，只见父亲正光着脊背要离开浴室。父亲的头发还没白，背还像年轻人一样直。不知是为什么，父亲的身影却让四岁的保吉感到异常孤独。一瞬间，保吉突然忘掉了帆船，不由得想喊一声"爸爸"。可是，又一声关玻璃门的声音静静地遮住了父亲的身影，剩下的只有充满水蒸气的浴室的昏暗灯光。

保吉在安静的浴桶里瞪着茫然的大眼睛。这时他发现了一直不得其解的死是怎么回事——所谓死，就是父亲的身影永远消失了！

# 四　海

保吉看见海大概是在五岁或者六岁的时候。当然，说是看见海了，实际上并不是看见了万里波涛的大洋，只是在大森海岸看了看不大的东京湾而已，但不大的东京湾已经让当时的保吉感到惊讶了。奈良时代的歌人在表达自己恋情的时候作歌唱道:"只似大船下石碇,此情不知为谁发。"[1]那时候的保吉当然不懂什么恋情,至于《万叶集》的和歌更是一首也没听说过。不过,他当时就奇怪地觉得在太阳照射下,雾腾腾的海上有一种说不出的令人伤心的神秘,这一点却是事实。他在苇草编就的伸向海水的茶棚栏杆边一直眺望着大海,一动不动。海面上荡漾着几艘挂着耀眼白帆的船,还有一艘有两根桅杆的汽船正往空中喷出长长的烟。一群长着很长翅膀的海鸥,一边发出像猫那样的啼叫声,一边在海面上斜飞着。那些船和海鸥是从哪儿来的?又到哪儿去呢?湛蓝的海只是隔着几层养殖紫菜的竹制养殖筏泛起烟波……

不过,当保吉和光着身子的父亲、叔叔到波浪拍打的岸边的时候,他一下子更加切实地感到了大海的奇妙之处。起初,保吉很害怕悄悄漫过海滩的细浪,这是他刚和父亲、叔叔一起走进海

---

1 这首和歌系《万叶集》第 2346 首。

水两三分钟时的感受。之后，保吉就不光是享受细浪，而是享受起大海的一切好处来。刚才在茶棚的栏杆边看到的大海就像不认识的面孔一样，让人感到稀奇的同时又有些瘆得慌。可是，站在岸边看到的大海就像一个玩具盒子！实际上他像神一样，把大海这个世界看成了玩具。在强烈的阳光下，螃蟹和寄居蟹在明晃晃的海滩上来来回回地爬行着，波浪把一团海草冲到了保吉的跟前。那个像喇叭一样的东西也是海螺吧？那些藏在沙子里的肯定是蛤仔了……

保吉非常享受，不过，这种享乐里却多少带有一丝失望。他一直以为海是蓝色的。无论是在两国叫作"太平"的古书店里卖的月耕[1]和年方[2]的织锦画上，还是当时流行的石版印刷画上的海都是深蓝色的。特别是赶庙会时看的西洋景里画的黄海海战的场面，虽说是黄海，但是海里翻腾的

---

1 尾形月耕（1859—1920），明治·大正时代的日本浮世绘师、画家。

2 水野年方（1866—1908），明治时代的日本画家。

仍然是蓝色或白色的波浪。但是，眼前的海——远离岸边的洋面的确是蓝色的，而靠近礁石的海水却一点儿也不蓝，完全是和泥水凼没什么两样的泥汤色。不，比泥汤都不如，简直就是赤褐色的。他面对着这赤褐色的海水，心里有一种被欺骗了的失望感。不过与此同时，他也勇敢地承认了这一残酷的现实，以为海水是蓝色的不过是只看到洋面的大人们的错误而已。只要也像自己一样洗海水澡的话，任何人都会毫无异议地相信这个真理。海水实际上是赤褐色的，是像铁皮水桶的锈一样的赤褐色。

保吉三十年前的态度和三十年后一模一样。承认海水是赤褐色的是当今超越一切的要务，并且想把赤褐色的海水变成蓝色也是徒劳无功的。与其如此，还不如到赤褐色的海边去找美丽的贝壳。那时，大海没准儿会像神一样，把海水全变得和远处的洋面一样湛蓝湛蓝的。但是与其期待将来，可能还是满足于现在比较好。保吉虽然尊敬两三个富于预言家精神的朋友，但是在自己内心深处还是这样想着。

从大森海边回来后的一天，母亲从不知什么地方回来时，给保吉买了一本日本古代故事之一的《浦岛太郎》。让母亲给自己读这种传说故事当然是他的一种乐趣，不过他另外还有一个乐趣，就是用手边的彩笔给各种各样的插图填色。他立刻就要给这本《浦岛太郎》也加上色。一本《浦岛太郎》里有十幅左右的插图，他首先开始给浦岛太郎离开龙宫的那幅上色。龙宫是有绿色瓦屋顶、红色柱子的宫殿。龙女呢，保吉想了一下，决定只给龙女的衣服全涂成红色，浦岛太郎的颜色就不用想了，渔夫的衣服是深蓝色，短蓑衣是浅黄色。只是要把细细的鱼竿涂成黄色对于保吉来说实在是有点儿难，另外只把绿毛龟的毛涂成绿色也不是一件容易的事。最后，他把海涂成了赤褐色，是像铁皮水桶的锈一样的赤褐色。保吉在对这种色彩的调和上感到了艺术家式的满足，特别是他相信给龙女和浦岛太郎的脸画上浅红色简直是神来之笔。

保吉马上把自己的作品拿给母亲看，正在缝东西的母亲把他的插画拿到太阳光下，从眼镜框外端详着。保吉当然在期待着母亲的夸奖话，可是母亲好像并没有像他那样欣赏画的颜色。

"这个海的颜色有点儿不太对劲儿啊，你怎么把海涂成了赤褐色呢？"

"本来嘛，海就是这样的颜色。"

"有赤褐色的海吗？"

"大森的海不就是吗？"

"大森的海也是深蓝色的。"

"大森的海就是这样的颜色。"

母亲对保吉那种顽固的激情感到惊叹的同时，不禁笑出了声。但不管怎么解释，即使他生了气把画给撕了，母亲仍然不相信有不容置疑的赤褐色海水。……关于"海"的故事就是这些了。当然，对今天的保吉来说，为了故事的完整性，给故事加一个像结尾的结尾也并不困难。比如说在故事结束前加上这么几行：

"保吉在和母亲的问答中，又有了一个重大的

发现 —— 所有的人都容易对赤褐色的海，包括横在人生中的赤褐色的海视而不见。"

然而，这并不是事实。不仅如此，涨潮的时候，大森的海也会泛起深蓝色的波浪。这样一来，现实中的海到底是赤褐色的，还是深蓝色的？说到底，我们的现实主义实在是非常靠不住的。最后，保吉还是决定就让故事照原样保持缺乏技巧的结尾。不过，故事的体裁 —— 艺术，就像各位所言，首先要有内容，而形式则怎么都行。

# 五 幻灯

"请这样把灯点上。"

玩具店的老板用燃着黄色火苗的火柴把金属制的灯点上了。接着他把幻灯后面的小门打开，轻轻地把灯放到幻灯盒子里。七岁的保吉连大气也不敢出，眼睛盯着在桌子前猫着腰的玩具店老板的动作，盯着把头发朝左梳得光光的老板那没有血色的手。好不容易到三点了，在玩具店外边的玻璃门射进来的阳光里，能看到街上来来往往、川流不息的人群。但是在玩具店里，特别是在乱七八糟地堆着一些包装箱的角落里，光线暗得和黄昏时差不多。今天保吉到这儿来的时候，不知怎么回事，觉得有点儿吓人。但为了看幻灯——玩具店老板要给大家放幻灯，这时的保吉把其他的事都忘了。不仅如此，他甚至把在身后站着的父亲的存在都忘了。

"把灯放到幻灯里后，那边就会有那样的月亮出现。"

好不容易抬起身的老板手指着对面的白墙，与其说是对着保吉，不如说是对着保吉的父亲说着。幻灯往白墙上照射出一片直径大约有三尺大小的圆光。发黄的圆光还确实像个月亮，不过，白墙上的蜘蛛网和尘土也看得清清楚楚。

"这回我要把这张画放进幻灯里。"

只听得"咔嗒"一声，圆光里模模糊糊地出现了一个影子。金属被加热后发出的味道一下子把保吉的好奇心刺激得高涨起来，他一动不动地注视着前面的什么东西。什么东西呢？ —— 那里照出的是风景还是人物，根本看不清楚，仅仅能分辨出模模糊糊像肥皂泡似的色彩。不，不仅是色彩相似，那片在白墙上映照出来的圆光本身就是个大肥皂泡，是个像梦一样不知从哪儿飘到昏暗当中的肥皂泡。

"影子模模糊糊是因为镜头还没对准。你看，这是镜头，要是对准了的话，马上就会看得很清楚了。"

老板又弯下了腰，与此同时肥皂泡眼看着变成了一幅风景画。自然不是日本的风景画。水渠两旁耸立着民房，不知是哪个国家的风景。画上的时刻大概是黄昏时分吧，月牙在右边的房子上空发出微光。月牙和房子，还有各家窗前的玫瑰花，都静静地在摇曳的水面上投下清晰的影子。风景里别说人影，就连一只海鸥也看不见，只有水流一直朝对面的桥流去。

"这就是意大利威尼斯的风景了。"

三十年后，让保吉了解到威尼斯美丽的是邓南遮的小说。不过在当时的保吉眼里，无论是房子也好，水渠也好，这些只让他感到莫名的孤独。他所喜爱的风景是鸽子在涂成红色的观音堂前飞舞的浅草，或者是有轨马车在高高的钟塔前通过的银座。比起那些风景来，幻灯里的房子、水渠总让人有满是荒凉的感觉。看不到有轨马车或是鸽子也就算了，至少那桥上哪怕有一列火车驶过也好啊。就在他想到这里的时候，一个系着大蝴蝶结的少女突然从画面右边的窗子里探出小小的脸来。是哪扇窗子已经记不大清楚了，只能肯定是月牙下的一扇窗子。少女探了一下头之后，又把脸转向了保吉这边来。接着，虽然隔得很远，但仍然能看得很清楚，少女的脸上浮现出了微笑。可惜这只是一两秒钟间发生的事。当保吉不禁"哎呀"一声、睁大眼睛的时候，少女不知什么时候又从窗子里消失了。每扇窗子都一样，不见人影的窗子挂着窗帘……

"怎么样，放幻灯的方法弄明白了吧？"

父亲的话把恍恍惚惚的保吉拉回到现实世界里来。父亲嘴上叼着雪茄，正不耐烦地在保吉的身后站着。玩具店外的路上行人仍然川流不息。老板——把头发分得整整齐齐的老板就像演完小品的魔术师，青白的脸上现出满足的微笑。保吉忽然急切地想把这架幻灯搬到自己的房间里去……

当天晚上保吉和父亲在涂了蜡的布上又映照出了威尼斯的风景。天空上的月牙、一栋栋的房屋，还有留下各家窗前的玫瑰花投影的一条发光的水面——这一切都和刚才看到的一模一样。可是，只有那个可爱的少女不知为何这回却没露出脸来。窗户上垂下来的窗帘把房间里的秘密永远地封闭了起来。保吉终于等不及了，朝正在琢磨灯光的父亲哀求起来：

"那个女孩子怎么不出来？"

"女孩子？哪儿有女孩子？"

父亲好像连保吉说的是什么都不明白。

"嗯——不是哪儿有，不是有一个女孩从窗子探出头的吗？"

"你说的是什么时候？"

"就是在玩具店里演的那个呀。"

"那时候也没有女孩子嘛。"

"可是，我看见她的脸了。"

"胡说什么呀。"

不知为什么，父亲伸手摸了摸保吉的额头，然后他突然用连保吉都明白是装腔作势的大嗓门喊了一声：

"好了，这回我们放点儿别的。"

然而保吉并没听他说什么，仍然注视着威尼斯的风景。暗淡的水面上映照出静静的窗帘，可是不一定什么时候，从哪扇窗子会出现一个系着大蝴蝶结的少女，突然探出脸来。——保吉这样想着，感到一种难以名状的思念，同时他也感到了从未有过的兴奋和悲伤。实际上那个在幻灯的画里瞬间出现的少女，是不是以超自然魂灵的状态在他的眼前现身呢？或者说那是否不过是一种少年时代经常容易出现的幻觉呢？这当然不是他自己能够解释的。不过，甚至在三十年后的今天，当保吉倦于俗务的时候，他就会想起永远也不会回来的威尼斯的少女，就像思念很多年没有见面的初恋情人一样。


# 六　妈妈


记不清是八岁还是九岁时的事了，反正是那年的秋天。陆军大将川岛站在回向院寺庙露天佛像的石坛前，检阅了自己的军队。当然，虽说叫军队，其实只是包括保吉在内的四个人罢了。除了穿着有金色纽扣制服的保吉之外，其余的人不是穿着蓝印花布衣服，就是穿着蓝粗布的窄袖衣服。

这当然不是坐落在国技馆背后的回向院内，而是在二十年前的回向院。一个秋风初起的早晨，那个有名大盗鼠小僧的坟墓边已经积起了银杏树枯叶形成的小山。当年还是很有趣的乡下景象早就不见了——那里甚至算不上是江户，只是远离江户的本所。只有鸽子还是和过去一样。不，也许鸽子也和过去的不一样了。那天在露天石佛的石坛周围全是鸽子，但是那时的鸽子似乎没有现在的鸽子这么好看。"土鸽当伙伴，门前卖香草。"这首天保时代俳人所作的俳句，可能并不见得是在描写回向院的香草小贩。不管怎么说，保吉想起这首俳句的时候，无法不去想聚集在露天石佛的石坛周围的鸽子，那些在嗓子深处的咕咕叫声使微弱的阳光也震荡了起来。

锉刀匠的儿子川岛慢慢检阅完之后，从蓝粗布的窄袖衣口袋里掏出小刀、钢珠、橡皮球什么的，还掏出了一副画片，这是小点心店卖的军棋里的画片。川岛发给每人一张画片，任命了（？）四个部下。我在这里公布一下那些任命：桶匠的儿子平松是陆军少将，巡警的儿子田宫是大尉，化妆品店主的儿子小栗却只是个工兵，而堀川保吉是地雷。当地雷并不是个不好的差事，只要不遇上工兵，就是大将也可能成为你的俘虏。保吉当然觉得很得意，可是那个胖乎乎的小栗却还没听完任命就表示不愿意当工兵：

"当工兵太没意思了。这么着，川岛，让我也当地雷吧。"

"反正你总会当俘虏的，不是吗？"

川岛认真地数落着。可是小栗满脸涨得通红，一点儿也不怕地回嘴：

"瞎说！上回把大将逮着的不是我呀？"

"是吗？那下回让你当大尉。"

川岛龇牙笑了笑，立刻把小栗笼络住了。保吉到现在还对川岛出起坏主意来那么快感到吃惊。川岛后来在小学还没毕业的时候因为发热病死掉了。要是他那时候没死，再万幸没受过什么教育的话，到现在至少也能当上年轻气盛的市议会议员什么的……

"现在开战！"

喊了这么一嗓子的是在前门摆好了架势的、由另外四五个人组成的敌军。今天敌军好像还是由律师的儿子松本当大将，他穿着蓝印花布外衣，胸前露出里面的红衬衫，梳着分头。大约是为了发出开战命令，他手拿学生帽使劲摇晃着。

"开战！"

手握着画片的保吉随着川岛下的命令，呐喊得比谁都早。这下本来正静静地聚集在一起的鸽子慌乱地拍打着翅膀，盘旋着飞向了天空。后来，就开始了从没有过的激烈战斗。眼看着硝烟腾起，就像小山一样，敌人雨点一般的炮弹在他们的身边爆炸。可是自己一伙的人却勇敢地冲向敌人阵地，开始了肉搏。敌人的地雷掀起了冲天的火柱，毫无悬念地把少将炸得粉身碎骨。不过敌人也失去了大佐，接着又失去了保吉最害怕的工兵。看到了这些，一伙人更加猛烈地向敌人发起了冲击。当然这一切都不是事实，只是保吉脑子里想象的是在回向院发生激战的场面。不过，他在飘满落叶的寂静寺院里奔跑着，好像真闻到了硝烟味，好像真看到了炮弹乱飞的火光。甚至有时他真的感受到了埋在地底、等待机会爆炸的地雷的心情。这样自由的空想在他上学以后，不知什么时候渐渐离开了他。今天的他不仅不会在打仗游戏时模仿旅顺港的激战，甚至把正发生在旅顺港的激战也看成是玩打仗的游戏了。不过，幸好追忆把他唤回到了少年时代，他无论如何也要捕捉到回味当时的空想所带来的无上快乐……

　　眼看着硝烟腾起，就像小山一样，敌人雨点一般的炮弹在他们的身边爆炸。保吉在炮火中勇往直前，朝敌人的大将直扑过去。敌人的大将躲过身子，一下子就逃进了阵地。保吉正要追过去的时候，好像脚下绊到了石头，一下子摔了个仰面朝天。与此同时，他勇敢的空想也像肥皂泡一样消失了。他现在已经不是一瞬间前光荣的地雷了。他脸上糊满了鼻血，裤子的膝盖处破了一个大洞，成了一个连帽子都没有的少年。他好容易才站起身，不禁一下子哭了出来。敌我双方的孩子由于这么一乱，也只好停下好容易组织的激战，大家好像都凑到了保吉的身边。有人说："哎呀，受伤了。"有人说："摔了个仰面朝天喽。"还有人说："这可不赖我们。"这时保吉却顾不上疼，由于难以用言语表达悲伤，他用双手遮住脸，哭得更来劲儿了。这样一来，他耳边传来了嘲笑声，发笑的是陆军大将川岛。

"嘿，他哭着喊妈呢。"

川岛这么一说，立刻把敌我双方的话变成了一片笑声。笑得最厉害的是没当上地雷的小栗。

"哎呀，真怪了，居然哭着喊妈。"

保吉心想就算自己哭了，可也没喊过妈呀。说自己喊过完全是川岛在使坏。——这样一想，他更加伤心，满肚子委屈，简直哭得浑身发抖。但是，没有一个人对垂头丧气的他表示同情。不但如此，他们还都学着川岛的口气，一边跑一边喊：

"哎哟，还哭着喊妈呢！"

保吉听着他们的喊声渐渐远去，心里恨得咬牙切齿。他看都不看又回到脚边的鸽子，又哭了好久，止也止不住。

从那以后保吉坚决相信，说"他喊了妈"完全是川岛的捏造。不过，恰巧在三年前，他到达上海，上岸的时候，由于把流行性感冒从东京带到了上海，只好住进一家医院。可是住院后高烧仍然不肯轻易退却。他躺在雪白的床上睁开蒙眬的眼睛，注视着把春天从蒙古送来的猛烈黄沙。这时正在闷热的午后看小说的护士突然离开椅子，走到床边纳闷地看着他说：

"啊，您醒了？"

"为什么这么说？"

"刚才您不是喊了一声妈妈吗？"

保吉一听这话，想起了回向院的院子，心想川岛没准儿并没起坏心撒谎。

大正十三年（1924）四月

（宋再新　译）

一封旧信

这是一封掉在日比谷公园的椅子下，用几页西洋纸写成的旧信。捡起这封旧信时，我还以为是从自己的兜里掉出来的。可是后来掏出信纸来一看才知道，是一个年轻女人写给另一个年轻女人的信。不用说，我对这封信自然很好奇。不仅如此，在信里偶然看到的地方，不知别人怎么样，那行字我绝对不会看漏：

"至于芥川龙之介，简直是个大笨蛋。"

就像某位批评家所说的那样，我可以说是把"自己当作家的努力全毁了"的怀疑论者。我最愚蠢之处，是自己比任何人都多疑。那个女人竟说什么"至于芥川龙之介，简直是个大笨蛋"，这纯粹是没教养女人的胡说八道。我强压着满腔怒火，决定不管怎么样，先仔细了解一下她的论据再说。下面就是那封旧信的全文，只字未改。

  ……我的生活之无聊简直无法形容。反正这是九州的小地方嘛，没有戏剧，没有展览会（你去春阳会[1]了吗？要是去了就告诉我一下那里的情况。我现在不管怎么说，好像比去年好些了），没有音乐会，也没有讲演会，根本没有可去的地方。更何况这个城市的知识阶层充其量也就是看看德富芦花的小说的水平。昨天我和女校时的朋友聚了一下，结果她们说现在才知道有岛武郎[2]这个作家！你想想，这有多让人丧气。所以我现在也和别人一样，做做衣服，烧烧菜，弹弹妹妹的风琴，然后看看过去看过的书，整天在屋里无所事事地打发日子。唉，借用你的一句话：倦怠的生活，如此而已。

---

1 由脱离日本美术院的画家组成，每年春秋两季在东京举行画展。
2 有岛武郎（1878—1923），日本近代著名作家。

要真是这样的话倒也罢了，可是有些亲戚还常来给我提亲。什么县议会议员的大儿子啦，矿山主的侄子啦，照片就起码拿来了十几张。哎，对了，那里面还有到东京去了的中川家儿子的照片呢。我好像告诉过你吧，他和那个不知是咖啡店的女招待还是干什么的女人在大学里牵着手到处走——那家伙现在也像个文人似的特得意，还总是看不起人。所以我就这么说来着："我没说我不结婚。但我要是结婚的话，不会先注意别人的看法，而是要相信我自己的看法。当然，我将来幸不幸福也由我一个人负责。"

不过，明年我弟弟就要从商科大学毕业，妹妹也要上女校四年级了。思前想后，我自己还是很难说出不结婚的话。东京就没这些麻烦，但是在这个城市里，没谁会理解你。别人都会觉得我是要故意影响弟弟和妹妹的婚事才不结婚的。让这些人这么说的话，你想想，我受得了吗？

当然，我不像你，能教钢琴，也知道以后除了结婚没别的办法。可是我也不能只要是个男人就和他结婚吧？在这个城市里，只要提起这件事，别人就会说全是因为我"理想太高"。"理想太高"！提起理想，说来可怜。在这个城市里，只有嫁人，才可以用理想这个词，还要看嫁的人是不是真的出色！真想让你见识见识这些人。给你举个例子吧。县议会议员的大儿子好像在银行还是什么地方工作，那个人简直是个清教徒。如果只是个清教徒还没什么，他平时连屠苏酒都不能喝，却去当什么禁酒会的干事。酒都不喝的人去参加禁酒会，你说好笑不好笑？可就这么一个人还认认真真地去发表禁酒演说呢。

当然了，我也不是说这些候选人都是低能儿。我爸爸妈妈最中意的一个是在电灯公司当技师的。他的确还是个受过教育的青年，长相看上去就像克莱斯勒[1]。让人佩服的是，

---

1　弗里茨·克莱斯勒（Fritz Kreisler），美籍奥地利小提琴演奏家。1923 年曾访日演出。

这个叫山本的人还研究社会问题呢，但是，他对艺术、哲学什么的完全没有兴趣。还有，他的兴趣居然是射箭和唱大阪琴书。他也觉得大阪琴书的确不是什么像样的爱好，在我面前从来不提大阪琴书。不过，我用留声机放加利·库尔奇和卡鲁索的唱片让他听的时候，他竟莫名其妙地问我："有没有鳖甲斋虎九唱的大阪琴书？"一下子就露馅儿了。还有更可气的呢。上了我家的二楼不是能看见最胜寺的塔吗？那座塔在彩霞里看上去，只有塔顶发出光芒，这风景是与谢野晶子都想作和歌咏唱的。那个叫山本的到我家来玩的时候，我带他到二楼让他看那座塔，问他："你看见塔了吧？"他认真地偏着头琢磨着说："啊，看见了，塔的高度是多少啊？"我没说他是低能儿，但是从艺术上来讲，他真的很差劲。

懂点儿艺术的，倒是我的表哥，叫文雄。他能看永井荷风、谷崎润一郎的小说，但是你要是和他多说两句的话，就会发现他只是个小地方的文学爱好者。比如说他居然认为像《大菩萨岭》那样的小说也是一世杰作。就算这没有什么，但他是个谁都知道的浪荡子呀。因为这个，就连我爸爸也说他恐怕会被判成禁治产人[1]。所以我爸爸妈妈从来就没觉得他有资格做我的结婚对象候选人。只有我这个表哥的爸爸，就是我的舅舅，他想让我当他的儿媳妇。但他也没明说，只是暗地里这么打算。你看他的说法像不像话："要是你能到我们家的话，就能让那家伙不再不务正业了。"难道天下当老人的都是这样的吗？要是这样的话，简直就太利己主义了。按照舅舅的想法，其实不是要让我当主妇，而是把我当作能让他儿子不再游手好闲的工具。真让我气得说不出话来。

　　我考虑了很久之后，觉得我之所以找不

---

1　法律上认为没有财产管理能力，须有人监管的人。

到结婚对象，全因为日本小说家太无能了。让像我这样受过教育、一心向上的人选择缺乏教养的男人做丈夫，这也太难了。——像这样找不到结婚对象的人肯定不只我一个，肯定全日本到处都有。然而，日本的小说家中却没有一个人为苦恼于找不到结婚对象的女性写点儿什么，也不告诉我们应该怎样解决找不到结婚对象这样的困难。现在我们不想结婚却又没有更好的办法。要是不顾一切就是不结婚的话，就算不会受到像在这个城市里受到的那种不讲道理的责难，也总要靠自己活下去吧，可是我们哪里受到过自食其力的教育呀？我们学的那点儿外语，连个家庭教师都当不了。而靠我们学的编织手艺挣钱，恐怕连自己租房的房钱都交不起。像这样的话，我们只有和自己看不起的男人结婚了。我觉得就算这样的事例多极了，也仍然是大悲剧。（实际上要是真的有那么多的话，那不是更可怕了吗？）我认为那样的结婚名义上叫结婚，实际上和妓女卖身没有什么区别。

不过你和我不一样，你不是能自己独立生活吗？这最让我羡慕了。不，实际上别说是你了。昨天我和妈妈一起去买东西，看见一个比我还小的女孩子在用日文打字机，看起来她也比我幸福多了呀。对了，你不是最不喜欢伤感吗？我就不再唉声叹气了。……

可是我还是要骂日本小说家没本事。我现在正在寻求解决找不到结婚对象的困难的方法，同时我又重读了过去看过的小说。我发现竟没有一个人肯为我们说话。仓田百三、菊池宽、久米正雄、武者小路实笃、里见弴、佐藤春夫、吉田纮二郎、野上弥生子，——他们全是瞎子。其实这些人还算是好的，至于芥川龙之介，简直是个大笨蛋。你不是说你没看过他的《六宫公主》那篇短篇小说吗？（作者注：愿忠实于京传三马传统的我在此必须打个广告：《六宫公主》收在短篇小说集

《春服》里，发行书店是东京春阳堂书店。）作者在这篇小说里居然骂那个懦弱的公主。是啊，没有强烈的独立意识的人似乎比罪犯还被人看不起。可是我们受的教育根本没教我们怎么自立，无论我们有多么强烈的独立意识，都没有去实现的手段呀。那位公主肯定也是这样。作者还自以为得意，足见他是多么无聊。没有比读他的这个短篇时更让我看不起他了……

写这封信的那个不知哪里来的的女人是个对什么事都一知半解的感伤主义者。她与其这样来抒发感情，还不如尝试着离家出走，到打字学校去学习可能是她最好的选择。至于她说我是大笨蛋，当然只能让我更瞧不起她。不过，我心里还有一点对她近乎同情的感觉，这也是事实。她虽然反复发着牢骚，但是她终究会和那个电灯公司的什么技师结婚的。结婚以后，她就会渐渐变成一个和其他人一样的普通太太。也许她能学会听大阪琴书，也许她会忘掉最胜寺，像猪一样生很多孩子——我把这封信扔进了抽屉深处。在抽屉里，我自己的梦也和几封旧信一起渐渐发黄……

大正十三年（1924）四月

（宋再新　译）

# 桃太郎

一

很久很久以前，在一座深山里，有一棵大桃树。光说这棵树大恐怕还不够准确，它的树枝长到了天边，树根插进了大地最底下的黄泉国。当初开天辟地的时候，伊邪那岐命[1]在黄最津平阪为了击退八雷[2]，据说曾用桃核打飞镖来着——那个神代的桃核长出了树枝，就成了这棵树。

这棵树自打世界初创以来，每一万年开一次花，每一万年结一次果。它的花就像大红色华盖上垂下来的金色流苏。果实——不用说当然很大，

---

1　日本神话中造国之神。
2　即伊邪那美命，日本神话中造国之女神。

不过最奇妙的是在每个果实长核的地方都孕育着一个漂亮的婴儿。

很久很久以前，在这棵树遮蔽山谷的枝头长着累累果实，静静地沐浴着阳光。每一万年结一次的果实要在枝头挂一千年才会掉下来，可是一个寂寞的早晨，命运化为一只神鸟，轻轻地落在了枝头。刚落下来的神鸟伸嘴就把一个已经带点红色的小果实啄掉了，果实在腾腾雾气中掉在了深深山谷的河流里。山谷的河流在山峰之间腾起白色水雾，当然流向了有人住的国度。

这颗孕育着婴儿的果实离开深山之后，究竟让谁捡到了呢？——不用说，在溪水的尽头，有一位老奶奶，正如全日本的孩子所知道的，在给上山砍柴的老爷爷洗衣裳……

## 二

从桃子里生出来的桃太郎要去征讨鬼岛。问

他为什么想去征讨鬼岛，他说因为不想像爷爷奶奶那样到山里、河里、田里去干活。听到桃太郎这样说，爷爷奶奶对这个调皮的孩子寒了心，想把他尽快赶出家门，要什么给什么，什么旗帜、大刀和铠甲等打仗用的东西都让他拿走。这还不算，桃太郎还要带路上吃的干粮，爷爷奶奶为他准备了杂粮团子。

桃太郎斗志昂扬地踏上了讨伐鬼岛的征程。桃太郎正走着，只见一只狗闪着饥饿的目光朝他打招呼：

"桃太郎，桃太郎，你腰里挂的是什么呀？"

"这是日本第一好吃的杂粮团子。"

桃太郎得意扬扬地回答。

其实团子是不是日本第一他也没把握。但是狗一听这话，马上凑到他的身边：

"给我吃一个，让我给你当随从吧。"

桃太郎立刻就盘算上了：

"给一个可不行，半个吧。"

狗想了一会儿，反复说着："给一个，给一

个吧。"可是不管狗怎么说，桃太郎就是不松口："只给半个。"这样僵持着，就像所有的买卖一样，没货的最终要服从有货的。最后狗也只好叹着气，接受了半个团子，当上了桃太郎的随从。

除了狗之外，桃太郎后来又以半个团子为条件，先后收了猴子和山鸡当喽啰。可惜，他们在一起却总是处不好。长着利齿的狗总是欺负没志气的猴子，而能很快计算出怎样分团子的猴子又总是糊弄装得很正经的山鸡，连地震学都懂的山鸡就骗脑袋不太好使的狗。由于他们老是争来咬去，桃太郎收他们当喽啰以后也没觉得特别费心。

另外，猴子的肚子一饱，立刻就开始不服管，说怪话，说只给半个团子就要人当喽啰去征服鬼岛，实在是要考虑值不值得。一听这话，狗立刻就狂叫起来，扑上去要咬死猴子。要不是山鸡拉得快，猴子不用等到螃蟹来报仇，这时可能就先被狗咬死了。山鸡一边安抚着狗，一边给猴子讲主从关系的道理，让猴子听桃太郎的命令。但是这时候猴子为了躲狗爬上了路边的树，根本听不进山鸡的话。而最终让猴子心服口服的，还是靠桃太郎的手段。桃太郎抬头看着树上的猴子，用扇子扇着凉，故意冷冷地对猴子说：

"行了行了，既然这样你就别跟我了。不过征讨鬼岛得到的宝贝也就不会分给你了。"

贪心的猴子一听这话立刻瞪圆了眼睛：

"宝贝？咦，鬼岛上还有宝贝呀？"

"岂止是有啊，岛上还有宝锤，只要敲一下，要什么有什么。"

"这么说来，只要敲那个小锤就能再敲出好多个小锤，一下子想要什么就全能得到了？这可真是个天大的好事。求求你了，带我去吧。"

就这样，桃太郎又带着这几个喽啰，急匆匆地上路讨伐鬼岛去了。

# 三

鬼岛是大海里的一座孤岛。说是鬼岛，实际上岛上到处长着高大的椰子树，比翼鸟婉转地歌唱，完全是一块美丽的天然乐土。生长在这块乐土上的鬼当然是热爱和平的。不，其实鬼似乎本来就是比我们人还会享乐的种族。在取瘤子的故事里出现的鬼，一跳舞就是一个晚上；一寸法师故事里的鬼也是不顾自身的安危，迷上了去寺庙上香的小娘子。的确，一般都认为大江山的酒吞童子和罗生门的茨木童子是历代少有的大坏蛋。可是茨木童子不是也像我们喜欢银座一样喜欢朱雀大路，甚至还经常悄悄地在罗生门现形吗？酒吞童子曾经在大江山的岩洞里喝酒，这可是确有其事。至于他还抢过女人的说法——其真假姑且不论，因为那不过是那个女人自己说的。能不能把女人说的事都当真，这是我二十多年来一直怀疑的。你看那个赖光和四天王不都是疯子一样的女性崇拜者吗？

鬼在热带风景里弹着琴，跳着舞，咏唱着古代诗人的诗歌，过得舒舒服服的。他的妻子和女儿织布、酿酒、采兰花，过得和普通人的妻子、女儿没什么两样。特别是头发已经白了，牙齿也掉了的鬼妈妈总是照看着孙子，讲我们人是多么可怕的故事给孙子听：

"你们要是淘气的话，就把你们送到人住的岛子上去。到人住的岛上，鬼就像过去那个酒吞童子一样，肯定会被杀掉的。噢，人是什么？人呢，就是头上不长角，脸和手脚都长得很白，简直说不出来有多吓人的那种东西。这还不算，女人还要在本来就长得很白的脸和手脚上涂满铅粉。这还算好的，他们不管是男是女，都特别爱撒谎，什么都想要，爱嫉妒人，总是自以为得意，同伙还相互杀来杀去的。他们还放火、偷东西，简直就是一群无法无天的野兽……"

# 四

桃太郎对这些无罪的鬼施以了鬼岛建立以来最可怕的打击。这一下子鬼连自己的铁棒都忘了拿，一边叫着"人来了"，一边慌忙在椰子林里钻来钻去地逃跑。

"快追！快追！只要看见鬼，一个不留全杀掉！"

桃太郎一手举着桃旗，一手扇着扇子朝狗、猴子和山鸡下着命令。狗、猴子和山鸡也许不是三个相互要好的喽啰，但是大概再没有比饥饿的动物更忠勇无比的兵士了。他们像狂风暴雨一般，追上东躲西藏的鬼。狗一口就咬死了一个年轻的鬼，山鸡也用尖锐的嘴啄死了小鬼，猴子——正因为猴子和我们人是亲戚关系，猴子在勒死鬼的女儿前，肯定要对鬼的女儿肆意凌辱一番……

所有的罪行过后，鬼酋长和几个捡了一条命的鬼在桃太郎的面前投降了。这时桃太郎那副得意的样子可想而知。鬼岛已经不像昨天那样是比翼鸟的乐土了，椰子林里到处都是鬼的尸体。桃太郎仍然一只手拿着旗，旁边站着三个喽啰。鬼酋长匍匐在地，就像一只蜘蛛一样。桃太郎庄严地对鬼说道：

"出于我的宽宏大量，饶你们一条性命。不过，鬼岛所有的宝贝必须全部献出来。"

"是，我们愿意献出来。"

"还有，你们要把你们的孩子交给我当人质。"

"这个也遵命。"

鬼酋长又一次把头磕到地上后，诚惶诚恐地向桃太郎问道：

"我们知道我们得罪了你们，才遭到了征讨。可是不光是我们，全鬼岛的鬼都弄不懂自己到底做错了什么。另外能不能告诉我们在什么事上面得罪了你们？"

桃太郎慢悠悠地点着头说：

"日本第一的桃太郎率领着狗、猴子和山鸡这三个忠勇之士征伐鬼岛来了。"

"那么这三位是怎么跟来的呢？"

"这当然是因为他们愿意来参加征讨喽。我给了他们杂粮团子，他们就来了。怎么啦？你们要是连这个都不明白的话，我就把你们都杀了。"

鬼酋长吃了一惊，立刻退后三尺，重又匍匐在地，磕头不止。

# 五

日本第一的桃太郎让狗、猴子、山鸡和做人质的鬼孩子拉着装上宝贝的车，得意扬扬地凯旋了。这些是日本的小孩早就知道的了。不过，桃太郎不一定一辈子过得都幸福。鬼的孩子长大了，咬死了看门人养的山鸡后，立刻逃回鬼岛去了。这还不算，鬼岛上活下来的鬼还经常渡海过来，不是给桃太郎的船篷点把火，就是当桃太郎睡着了的时候，搔他的脖子。还传言说猴子被杀是因为鬼认错了人。桃太郎面对这些接二连三的不幸，只有不断地长吁短叹：

"鬼真是太执着了，够麻烦的。"

"这些东西刚捡了条命，就不认救命恩人，真太不像话了。"

狗看着桃太郎那副不高兴的样子，气得嘴里哼哼着。

在冷清的鬼岛海边，鬼岛的五六个年轻鬼在美丽的热带月光下为了策划鬼岛的独立，正在往椰子里装炸弹。他们甚至忘记了对温柔的鬼姑娘的恋情，沉默而又兴奋，饭碗大的眼睛闪闪发光……

# 六

在不为人知的深山里，桃树钻破云霭，仍然像过去那样结着累累果实。当然，只有孕育桃太郎的果实早就顺着河谷漂向了远方。但是，不知还有几个未来的天才仍然藏在这些果实里。而那只大鸟不知什么时候还会在树梢上出现。啊，不知还有几个未来的天才仍然藏在这些果实里……

大正十三年（1924）六月

（宋再新　译）

# 大导寺信辅的半生

——或精神的风景画

# 一　本所

大导寺信辅出生在本所的回向院附近。在他的记忆里，没有一条好街道，也没有一幢漂亮房子。特别是家的周围，净是木匠铺、粗点心铺、旧家具店什么的。这些店铺外的路总是泥泞不堪，从来就没干过。再加上那条路的尽头是御竹仓的大水沟，漂浮着浮萍的大水沟老是散发着恶臭。他当然对这个地方感到憋气，可是本所以外的街道更让他受不了。从住宅为主的山手地区，到洁净的店铺轩檐相接的江户老街，都让他有一种说不出的压抑感。比起本乡和日本桥，他更喜欢冷清的本所——回向院、驹止桥、横纲、污水渠、榛木马场和御竹仓的大水沟。这或许不能说是喜爱，也许只是一种怜惜也未可知。但就算是怜惜吧，即使是三十年后的今天，也只有那些地方仍然使他魂牵梦绕……

信辅自打懂事以来，就喜爱本所的每条街道。连棵行道树都没有的本所街道总是尘土满地，但让年幼的信辅懂得自然之美的还是本所的街道。他是在拥挤的街道上吃着粗点心长大的孩子。乡下——特别是本所东边有好多水田的乡下，并没有让生长在本所这种地方的信辅产生一点儿兴趣。本所让他看到的不是什么自然美，全是自然的丑陋。不过，即使本所的街道看不见自然风景，但是屋顶上开了花的草、映在水洼里的春天的云，还是显出一种令人生怜之美。因为有了这样的美，他才不知不觉喜爱起自然来。当然，让信辅逐渐学会欣赏自然之美的并不只是本所的街道。还有书，他小学的时候反复看过德富芦花的《自然与人生》和卢伯克[1]的日文版《论自然美》，这些也启发了他。可是对他欣赏自然影响最大的的确是本所的市街，那些房屋、树木、街道都十分寒酸的市街。

实际上，对他的自然审美观带去最大影响的，正是本所寒酸的市街。他后来曾常常到本州的各地作短暂旅行。可是木曾那粗犷的自然时常让他感到心神不宁，而濑户内海的温柔风景又总使他觉得无聊。比起那一类的自然，他绝对更喜欢丑陋寒酸的自然，特别是喜爱在人工的文明中气息奄奄的自然。三十年前的本所还留有那些自然美景，污水渠旁的柳树、回向院的广场、御竹仓和杂树林。他还不曾像他的朋友一样到过镰仓和日光，但是他每天早晨都会和父亲一起在自家周围散步。这对当时的信辅来说真是莫大的幸福，可是他又不好意思在朋友面前炫耀这样的幸福。

一个云霞即将散尽的早晨，父亲和他像平

---

1  约翰·卢伯克（J. Lubbock，1834—1913），英国考古学家、人类学者。

时那样去百本杭散步。百本杭是大川河岸边钓鱼人最多的地方，但是那天早晨一眼望去，没看见一个钓鱼的，宽阔的河岸上只有海蛆在护堤的石墙缝里蠕动。他刚想问问父亲怎么今天没人钓鱼，还没开口就一下子发现了答案。原来在朝霞映照下荡漾的河水里，一具光头死尸漂在布满腥臭的水草和垃圾的乱木桩间。——时至今日，他还清清楚楚地记着那天早晨的百本杭。三十年前的本所给信辅幼小的心灵留下了无数值得回忆的风景画。不过，只有这张风景画，即本所的市街，那天早晨的百本杭，构成他心灵上精神暗影的全部。

## 二　牛奶

信辅是个从来没吃过母乳的孩子。本来身体就很虚弱的母亲生下他这根独苗以后，也没喂过他一口奶。这还不算，他家穷得就连给他雇奶妈的钱也没有。就因为这个，他自落地以后一直是喝牛奶长大的。这种命运使当时的信辅不可能不感到难过，他最看不上每天早晨送到厨房来的牛奶瓶。他很羡慕那些什么都不懂，却懂得吃母乳的伙伴。实际上了小学以后，大概是新年过后还是什么时候，年轻的婶婶来他家，乳房涨得难受，可是对着铜漱口杯怎么挤也挤不出奶来。婶婶皱着眉头，像逗他似的说："让小信辅喝吧。"可是喝牛奶长大的他根本不知道怎么喝人奶，最后婶婶只好让邻居那家木匠店的小姑娘帮着吸发硬的乳房。婶婶的乳房像半个球一样隆起，上面布满了青色的静脉血管。本来就容易害羞的信辅就算会吸奶，也肯定不会去吸婶婶的奶的。尽管如此，他仍然恨邻家的那个女孩子，同时他也恨让邻家女孩吸奶的婶婶。这件小事在他的心里留下了让他嫉妒得痛苦的记忆，可能当时他的 Vita sexualis（性欲生活）已经开始萌动了……

　　信辅对自己只知道瓶装牛奶却从未吃过母乳而感到难堪。这是他的一个秘密，一个绝对不能向任何人说起的终生秘密。对于他来说，这个秘密又和某种迷信搅在一起。他是个只有脑袋大，身子却瘦得可怕的孩子。除此之外，他不仅害羞，甚至看到肉铺里磨得亮晃晃的刀，心都会直跳。在这点上，特别是在这点上，他肯定和经历过伏见鸟羽战役的枪林弹雨，平时常为自己的勇敢而自豪的父亲一点儿都不像。不知道究竟从几岁开始，也不知道是根据什么理论，他确信自己不像父亲是因为喝了牛奶的缘故。不，还有，他确信自己身体弱也是因为喝了牛奶的缘故。要是因为这个，只要露出胆小怕事的样子，伙伴们肯定会看穿他的秘密。所以不管什么时候，他都会响应伙伴们的挑战。挑战当然不只一个。有时候他不用撑竹竿就从御竹仓的大河沟跳了过去，有时候是不用梯子就爬回向院的大银杏树，还有的时候是和其中的一个伙伴打架。走到大河沟跟前的时候，信辅的腿直哆嗦。但他还是闭紧双眼，一咬牙就从长满浮萍的水面上跳了过去。无论是在回向院爬银杏树，还是和伙伴中的一个打架，那种恐惧和怯懦时时向他袭来，可是他每次都勇敢地战胜了恐惧和怯懦。这些行为虽说都是来自迷信，但对他来说确实是斯巴达式的训练。这种训练给他的右膝盖留下了一辈子掉不了的伤痕。恐怕对他的性格也是——信辅现在还记得父亲盛气凌人的训诫："你这家伙胆小，还干什么都爱逞强，那可不行。"

幸好他的这种迷信渐渐消失了，他还在西洋历史里发现了至少接近于对这个迷信的反证。是这样一节：据说喂养罗马建国者罗慕路斯的是一只狼。从此以后，他对没喝过母乳这件事也就无所谓了，并且喝牛奶长大这件事毋宁说成了他值得夸耀的事。信辅进中学的那年春天，他和上了年纪的叔叔一起到当时叔叔经营的牧场去了。他记得自己好容易才把穿制服的胸口贴近栅栏，把干草伸过去喂走过来的白牛。牛抬头看了看他的脸，然后静静地把鼻子伸向了干草。他看着牛，忽然发现这头牛的眼睛里有点儿近乎人性的东西。空想？——也许是空想也未可知。至今在他的记忆里，还有一头大白牛在开满杏花的树下抬头看着靠近栏杆的他，那样亲昵，那样依人……

## 三　贫穷

信辅的家很穷，但他家的穷并不是像简陋平房里住的下层那种穷，而是为了面子必须受苦的中下层的穷。他父亲是个退休官吏，除去一点儿储蓄的利息外，包括女佣在内，一家五口就靠父亲一年五百日元的养老金糊口，这样一家人必须节约再节约。他们住在一座带小院子的独户住宅，连同门厅共五间房子。他们家每个人很少能穿上新衣服，父亲的乐趣也就只满足于晚上喝一点儿不好意思用来待客的劣质酒，母亲也用外套遮盖着自己腰带上的补丁。信辅也一样，他到现在还记着自己书桌发出的那股油漆味。那张桌子是买来的旧货，桌面上贴着绿绒布，抽屉的拉手闪着银光，看上去还挺漂亮。但实际上那绒布已经被磨得很薄了，抽屉也很不容易拉开。这张书桌可以说是他家生活的缩影，总是为撑脸面而操心的生活的缩影……

信辅恨自己家这么穷，当时的恨至今还留在他的心灵深处，难以忘记。他买不起书，也没钱上夏季补习学校，穿不起新外套。可是他的同学却能享用这一切。他当时很羡慕他们，有时甚至嫉妒他们。但他却不肯承认自己对他们的羡慕和嫉妒，这是因为他看不起他们，觉得他们没本事。然而他对穷的憎恨并没因此而变化，他恨破旧的铺席，恨昏暗的电灯，恨纸拉门上已经残破的常春藤画，他恨家里所有让人丢脸的东西。这还算好的，他甚至为了那些让人丢脸的东西而恨生下他的父母，特别是恨个头儿比他还矮、秃头的父亲。父亲经常到学校来参加家长会，他因在同学面前见到这样的父亲而觉得很没面子，同时他也为自己居然看不起自己的生身父亲而感到可耻。他模仿国木田独步写了《不自欺记》，在一张发黄的纸上留下了这样一段话："予不能爱父母，否，非不能爱。予虽爱父母其人，却不能爱其外表。以貌取人，君子之耻也，更遑论父母之貌。然而予无论如何不能爱父母之外表……"

可是比起这些让人丢脸的贫困来，他更恨因贫困带来的虚伪。母亲把蛋糕装在有名的点心店风月堂的盒子里送给亲戚，可是盒子里的蛋糕并不是风月堂的，而是附近一家点心店的。父亲也一样，总是假惺惺地教训人说要"勤俭尚武"，对父亲来说，除了一本古书《玉篇》[1]之外，就连买《汉和词典》都是"奢侈文弱"。不仅如此，实际上信辅自己也经常说谎，这一点可能并不比父母差。他一个月能得到五毛钱的零用钱，要是哪怕能多得到一分钱，他也会用来买自己早就想要的书或杂志。他会想出种种理由——比如找回的零钱丢了啦，买了笔记本啦，交学生会会费啦，想出这些理由作为借口，朝父母要钱。要是这样钱还不够用，他就想方设法讨父母的欢心，争取提

---

1　中国的字书，南朝梁陈间顾野王著。

前拿到下个月的零用钱。他还格外讨好宠爱自己的母亲。当然，对他来说，自己撒谎和父母撒谎一个样，都会让他感到不高兴。不过他仍然会撒谎，大胆、狡猾地撒谎，这对他比什么都重要，同时又让他感到一种病态的愉悦——一种好像把神杀死了似的愉悦。只有在这点上他是有点儿像小流氓的。在他的《不自欺记》最后一页有这样几句话：

"国木田独步依恋恋爱，予却厌恶憎恶。比如对贫穷的憎恶，对虚伪的憎恶，予憎恨一切憎恶……"

这是信辅的真情表露。不知从什么时候开始，他憎恨起对贫穷的憎恶来了，这种画了两个圈加以强调的憎恶一直困扰着二十岁前的他。当然他也并不是毫无幸福可言。他每次考试成绩在班上不是第三就是第四名，比他低一级的美少年还主动向他示好。这些对于信辅来说简直就像是阴云中露出的一丝阳光。憎恶压在他的心头，比任何一种感情都沉重，而且还不知不觉地在他的心灵上留下了难以抹消的痕迹。在他脱离贫穷之后也仍然非常憎恨贫穷，同时他还像憎恨贫穷一样非常憎恨奢侈。他憎恨奢侈——对奢侈的憎恨是贫穷给中下层留下的烙印，或者可以说仅仅是中下层的贫穷留下的烙印。至今他仍能感到自己心中的那种憎恶感，那是必须与贫穷作斗争的 Petty Bourgeois（小市民）道德的恐怖……

大学刚毕业的那年秋天，信辅到一个法学系的朋友家去，他们在一间十几平方米的房间里席地而坐聊着天，房间的墙和拉门上糊的画纸都很旧了。一会儿一个六十来岁的老人出来了，直觉让信辅从那个老人的脸上——酒精中毒的脸上看出来，他是一个退休官吏。

"这是我爸爸。"

他的朋友简单地介绍了那个老人。老人似乎还有点儿架子，心不在焉地听过信辅的寒暄后，说了句："请慢慢聊，那边还有椅子。"说完就转身进屋了。确实，光线暗淡的回廊那里有两把带扶手的椅子，椅子的椅背很高，红色软垫的颜色已经褪掉，大约是半个世纪前的东西了。信辅可以从这两把椅子上想象出中下阶层生活的全部状况。他也能感觉到，他的朋友和他一样，因为有这样的爸爸觉得不好意思。这样的小事在他的心里留下了苦涩的记忆，至今清清楚楚。这种思想也许今后仍会给他心里留下许多杂乱的阴影，可他首先是退休官吏的儿子，然后才是生活在贫穷之中的人，比起下层阶级，他尤其要忍受更加虚伪的中下层阶级的贫穷。

# 四　学校

学校留给信辅的全是阴暗的记忆。要是不算大学时上课不做笔记的两三门课的话，他从来没对学校的任何一门课产生过兴趣。不过，从初中到高中，从高中到大学，上几个学校也只是摆脱贫穷的自救方法而已。只是信辅在上中学的时候并不承认这一点，至少没痛快地承认过。可是从初中毕业开始，贫穷的威胁就像阴沉沉的天气一样压在信辅的心头。他在读高中和大学的时候，好几次打算退学不念。但每当他要退学时，这种威胁就会为他展示出灰暗的将来，简简单单让他的计划流产。他当然恨学校，尤其恨管束特别多的初中。学校门卫的喇叭声让人不寒而栗，操场上的杨树茂盛得使人感到惆怅。信辅在学校里学习西洋历史的年代表，学习没有实验的化学方程式，学习欧美某个城市的人口等没用的小知识。只要用点功，学习这些其实也并不是很痛苦的事，可是忘记这些是没用的小知识这一事实本身就不太容易。就像陀思妥耶夫斯基在《死屋手记》中做的比喻：囚犯被迫做无用劳役，把第一个水桶的水倒进第二个水桶，然后又把第二个水桶的水倒回第一个水桶，囚犯最后就会自杀。信辅在灰色的校舍里，在高大杨树的摇曳声中，经历了那个囚徒所经历的精神痛苦。还有……

　　他最恨的老师也是初中老师。作为普通人，老师当然不是坏人，但是他们负有"教育上的责任"，特别是拥有处罚学生的权利，这使他们成了暴君。他们为了把自己的偏见植于学生的心中，不惜采取一切手段。实际上他们中一个外号叫达摩的英语老师觉得信辅"傲气"，于是经常体罚信辅。他之所以"傲气"，只是因为他看了国木田独步和田山花袋的小说而已。还有一个，是左眼安了假眼的语文老师。这个老师对信辅不喜欢武艺和竞技运动这一点感到很不高兴，就此曾几次笑话信辅："你小子是女人吗？"有时候信辅一下子就火了，反问："老师是男人吗？"见他如此不逊，老师当然会毫不留情地严厉惩罚。要是重读他写的纸张已经发黄的《不自欺记》，就可以知道他所遭受的屈辱简直不胜枚举。自尊心强的信辅哪怕为了争口气，也总是反抗这样的侮辱，如果不这样的话，自己也会和所有小流氓一样开始自轻自贱的。他的自强术都可以从他的《不自欺记》里找到：

"予虽多蒙恶名，究其有三。

"其一，文弱也。文弱乃较之肉体之力更重精神之力之谓也。

"其二，轻佻浅薄也。轻佻浅薄乃爱功利外之美之谓也。

"其三，傲慢也。所谓傲慢者，乃在他人前不屈己志之谓也。"

不过也并不是所有老师都迫害他。他们中的一个老师曾经招待他参加有家属的茶话会，还有一个老师曾经借给他英语小说看。还记得当他完成四年级学业[1]的时候，他在借来的那些小说里找到一本屠格涅夫的《猎人笔记》英译本，于是兴高采烈地读了起来。可是，"教育上的责任"常常妨碍一般人和他们亲近。因为接受他们的好意，也就证明潜意识里有向他们的权力低头献媚的意思，或者就是因为潜意识里有妥协于对他们的同性之爱倾向的丑恶一面。他一到他们面前就感到手足无措。这还不算，有时候还会当着他们的面别别扭扭地伸手掏香烟，或者故意大声地吹

---

[1] 日本旧制初中为五年制，旧制高中则招收修完旧制初中四年学业的学生，相当于大学本科。

嘘自己站着看过的戏。这些老师当然会把他的这种不懂事的行为理解为桀骜不驯。他们这样理解也还是有道理的，他原本就不是一个讨人喜欢的学生。从放在他箱子底的旧照片可以看出，那时候他像个病弱的少年，脑袋大得看上去和身子不协调，只有眼睛显得特别精神。这个面带菜色的少年最大的乐趣就是不断提一些恶毒的问题难为本本分分的老师！

只要有考试，信辅就会得高分，只有所谓操行，他从来没上过六分。他看到这个阿拉伯数字"6"，就能想象到教员室里的冷笑。事实上那些老师是把操行成绩当作武器来愚弄自己。就因为这个操行成绩，他在班上的成绩从没超过第三名。他恨这样的报复，也恨这样报复的老师。直到今天，——不，时至今日，他已经不知不觉地忘记了当时的憎恨。初中对他来说是一场噩梦，不过当时的噩梦并不见得就是坏事，为此他至少学会了忍受孤独，不然的话，他这半辈子过得可能比现在还痛苦。他像做梦一样成了几本书的作者，可他最终得到的只是落寞的孤独。在他忍受孤独的今天，或者说在他知道了只有忍受孤独别无他法的今天，回首过去的二十年，那曾经给予他痛苦的校舍，在他此刻的记忆里，却处于一片玫瑰色的晨光中。当然只有操场上的杨树仍然郁郁葱葱，树梢发出寂寥的风声……

# 五　书

信辅上小学时就喜欢看书了，让他对书产生兴趣的是在他父亲书箱底的帝国文库本《水浒传》。脑袋长得尤其大的小学生在昏暗的灯光下把《水浒传》看了好几遍。这还不算，就是不看《水浒传》的时候，他心里也想象着替天行道的大旗、景阳冈的猛虎、菜园子张青在房梁上挂着的人腿。是想象吗？——可那种想象比现实更加现实。他还曾手提木剑在挂着晾干菜的后院里与《水浒传》中的人物——一丈青扈三娘和花和尚鲁智深拼杀过。这样的热情在三十年间一直支配着他。他还记着那时经常看书熬通宵。不仅如此，他还记得那时候在桌子边、车上、厕所里，有时走路都在专心致志地看书。当然了，在看完《水浒传》之后他就没再拿起过那把木剑。他看书的时候曾经好多次哭过、笑过。可以说这是一种换位，觉得这时自己就成了书里的人物。他像天竺的佛祖一样，度过了无数的前世，比如卡拉马佐夫、哈姆雷特、安德烈公爵、唐璜、梅菲斯特、列那狐等，甚至这些形象中的一部分还不只是一时的换位。有一次，他到上了年纪的叔叔家去，想要点儿零花钱。叔叔是明治维新策源地之一的长州萩市的人，于是信辅就在叔叔面前高谈阔论明治维新的大业，上自村田清风，下至山县有朋，对长州出身的人物大加赞赏。可是，这个满脸虚伪夸张表情、面色苍白的高中生，不像是大导寺信辅，倒像是于连·索雷尔，就是小说《红与黑》里的主人公。

就这样，信辅的所有知识都是从书里学来的，至少可以说没有哪一样知识不是他靠书本获得的。实际上，他为了解人生，对街上的行人视而不见；与其观察街上的行人，他宁愿去了解书中的人生。用这种方法去了解人生或许是迂腐了一些，不过对他来说，街上的行人只是行人而已。他为了了解他们——他们的爱、他们的憎恶、他们的虚荣心，除了读书没有其他的方法。看书，特别是世纪末在欧洲产生的小说、剧本，使他在冷峻的光芒中发现了在他眼前展开的人间喜剧——不，或者可以说还发现了自己善恶不分的灵魂。这并不限于人生，他在本所的街道上发现了自然之美。不过使他欣赏自然之美的眼光多少添加了些敏锐的，还得属那几本自己喜爱的书——其中特别是元禄时期的俳谐。由于他读了这些俳谐，如"都市近处见山峦""郁金田里吹秋风""海滩落阵雨，远处大小帆""黑夜传来苍鹭鸣"，等等，由此而知道了本所没有的自然美。这种"从书本到现实"的方法对于信辅来说经常是真理。在他这半辈子里，曾经对几个女人产生过恋情，但是这几个女人谁也没让他了解到女人之美，至少没教给他书本以外的女人之美。他从戈蒂耶、巴尔扎克和托尔斯泰的作品里懂得了女人被阳光透过的耳朵和落在脸上的睫毛影，为此女人至今还在向信辅传达着美丽。要是没跟他们学过的话，他也许还不知道女人，只知道雌性……

因为穷，信辅实在不能随心所欲买自己想看的书，他想方设法要克服这个困难，这就得靠图书馆了，其次还得借助于租书店，第三还要靠甚至使他遭受吝啬之讥的节俭。他清楚地记得——门朝向大河沟的租书店、租书店和蔼可亲的老太太、老太太当作副业做的头饰。老太太相信刚刚进小学的"小少爷"天真无邪，可是那"小少爷"却不知什么时候发明了假装找书、实际上却在偷看书的方法。他还清楚地记得——二十年前的神保町大街，一家挨着一家都是旧书店。越过那些旧书店的屋顶看得到阳光照射下的九段坡的斜坡。当然，那时候的神保町既不通电车也没有马车。他——一个十二岁的小学生为了到大桥图书馆去，经常腋下夹着饭盒和笔记本来往于那条马路。从大桥图书馆到帝国图书馆，来回的距离有十里。他还记得帝国图书馆给他的第一印象，高高的空间让他感到畏惧，大扇的窗户让他感到畏惧，占满了无数座位的无数人也让他感到畏惧。幸好他去了两三回后，那种畏惧感就消失了，他马上就对阅览室、铁楼梯、卡片盒和地下食堂有了好感。后来是高中、大学的图书馆，他在这些图书馆借了好几百册书看，在那几百册书里他又喜欢上了其中的好几十册。可是……

可是，他最喜欢的还是那些自己买的书——不管内容如何，反正书本身就叫他喜欢。信辅为了买书连咖啡店都不进，但是他的零用钱当然还是不够花，为此他一个星期要教亲戚家的中学生三次数学（！）。即使这样钱仍不够用的时候，只好去卖书，但是，旧书从来没有卖到新书价钱的一半。这还不算，对他来说，把保存好多年的书拿到旧书店去简直就是悲剧。在一个下小雪的晚上，他到神保町大街的旧书店一家挨一家地找，在一家店里他发现了一本尼采的《查拉图斯特拉如是说》。这不只是一本一般的《查拉图斯特拉如是说》，而是两个多月前他卖掉的沾着自己手垢的那本《查拉图斯特拉如是说》。他在书店呆呆地站着把那本《查拉图斯特拉如是说》又从头到尾看了一遍，看着看着，渐渐舍不得再撒手了。

"这本书多少钱？"

他站了十来分钟后，把那本《查拉图斯特拉如是说》递给旧书店的女老板。

"一块六毛钱。看您的面子就算一块五毛钱吧。"

信辅想起来了，这本书是七毛钱卖的。没法子，他讲了半天价，总算讲到卖价的两倍，用一块四毛钱又把那本书买了回来。下雪的夜晚，路边的人家和电车里都显得格外安静。他经过这些街道，大老远地赶回本所，一路上总是惦记着揣在怀里的那本铁灰色封面的《查拉图斯特拉如是说》。然而同时，他嘴里却不住地嘲笑着自己……

# 六　朋友

　　信辅找朋友很在乎对方有没有本事。不管这个青年多么有教养，如果除了品行之外别无可取之处的话，对于他来说也是没用的路人一般。不仅如此，他甚至只要看到这个活宝就一定会揶揄一番。对于操行只得了六分的他，这样的态度是理所当然的。从初中到高中，从高中到大学，在他上的几所学校中，他都曾经嘲笑过那些人。当然那些人中也会有人对他的嘲笑感到气愤，可那些人中的另一些人却因为觉察到了他的嘲笑而成了模范君子。他对自己被人叫作"讨厌的家伙"还觉得挺高兴，但是他也为自己的嘲笑没得到回应而感到气愤不已。实际上就有这样一个君子——高中文科的学生是利文斯通[1]的崇拜者。信辅在学校和那个君子住在一间宿舍里，有一次信辅故意一本正经地跟他胡诌说，拜伦也崇拜利文

---

[1]　戴维·利文斯通（D. Livingstone，1813—1873），英国传教士、探险家。

斯通，看了《利文斯通传》哭得一塌糊涂。打那时候算起已经过了二十年，到现在那个利文斯通的崇拜者仍然在一本基督教会的刊物上发表文章称赞利文斯通。最绝的是，他在文章的开头这样写道："连恶魔诗人拜伦读了利文斯通的传记都掉眼泪，这件事给了我们什么启示呢？"

信辅找朋友很在乎对方有没有本事。就算对方是谦谦君子，但只要这个青年对知识没有贪婪的追求的话，对于他来说也是没用的路人一般。他并不要求朋友之间和和气气，他的朋友即使没有青年人应有的胸怀也不要紧。不，毋宁说他对所谓亲密朋友有一种恐惧感，同时他要求自己的朋友一定要有头脑。要有头脑，要有十分聪明的头脑。无论美少年长得多精神，他还是更喜欢有头脑的人。另外，比起君子来，他更憎恨有头脑的人。实际上他的友情总是在爱的热情中含有几分憎恶。信辅到现在仍相信，在这种热情之外是没有友情的，至少他相信在这种热情之外没有不带 Herr und Knecht（主仆关系）倾向的友情。更何况当时的朋友在另一方面还是他难以兼容的死敌。他以自己的头脑为武器，不断地和他们格斗。惠特曼、自由诗、创造的进化，等等。战场几乎无处不在。他在那些战场上打倒朋友，或被朋友打倒。他完全是为了获得杀戮的喜悦才和他们不断地进行这种精神上的格斗。可是在这期间自然而然地出现了一些新的观念和新的美的形象，这也是事实。凌晨三点的蜡烛光是怎样照亮了他们的论战，武者小路实笃的作品是怎样支配了他们的论战。——信辅还清楚地记得九月的一个夜晚，几只扑火的大飞蛾飞到了蜡烛旁。彩色斑斓的扑火飞蛾突然从漆黑的暗处出现了，但是这些飞蛾一碰上火苗便一瞬间扑腾一下死了。其实这也许并不是什么大不了的事，可是信辅直到现在只要想起这个来，只要想起那些漂亮得难以形容的扑火飞蛾的生死来，心里就不由得冒出几丝孤寂之感……

信辅找朋友很在乎对方有没有本事。他的标准只有一个，但是这个标准也并不是完全没有例外，那就是割断他和朋友之间友情的社会上的阶层差别。信辅对与他成长所处的环境相似出身的中流阶层青年并不感到特别拘束。但在身处他认识的几位上流阶层青年——有时是中流上层阶级青年之中时却感到格格不入，有些许不可思议的憎恶感。他们中的一些人很懒，一些人很胆小，还有一些人则是性欲的奴隶。不过他之所以恨他们，并不一定是为了这些，不，其实是因为他们的那种漠然态度。他最恨的是他们自己并没意识到的那种"东西"。因此他又对下层，即对于与他们这个阶层不同的另一个阶层有一种病态的向往，他同情他们。可是他的同情其实也没有什么用，那个"东西"在他和人握手的时候总是像针一样刺痛他的手。在四月刮寒风的午后，当时还是高中生的信辅和那些人中的一个——某位男爵的大儿子一起站在江之岛的石崖边，他们的脚下就是荒凉的岩石海滩。他们把几枚铜钱扔进海水，让几个"潜水"少年去捞。少年们每看到铜钱掉下就扑通扑通地跳下海去，但是有一个赶海女孩却站在一堆干海藻烧的篝火边看着那几个少年微笑。

"这回让那个家伙也跳下去。"

他的朋友把一枚铜钱用香烟盒的锡箔纸包住，身子向后仰，使劲把铜钱扔了出去。那枚铜钱闪着银光掉进风急浪高的大海里，只见那个女孩早已跃身跳进了海里。到现在信辅仍然清楚地记着那个朋友嘴边浮现出的残酷微笑。他那个朋友的外语能力比一般人强得多，另一方面他又确实有比一般人尖锐得多的牙齿……

附记：这篇小说本打算写现在的三四倍那么长。现在发表的部分肯定与《大导寺信辅的半生》一题不太相符，但由于没有更好的题目替代，不得已只好仍用原题。读者倘能将此文视为《大导寺信辅的半生》第一篇，则幸甚。

大正十三年（1924）十二月九日　作者记

（宋再新　译）

马

腿

　　这个故事的主人公是个叫忍野半三郎的男人，不过很遗憾，这个男人不是什么大人物，只是在北京的三菱公司工作的一个三十来岁的职员。半三郎从商科大学毕业后的第二个月就被派到了北京。同事和上司对他的评价并不怎么样，但也没坏到哪里去，就和他的外表一样平平凡凡。要是进一步讲的话，那就是也和半三郎的家庭生活一样。

　　半三郎在两年前和一位小姐结了婚，小姐的名字叫常子。不巧，他们的婚姻也不是经过恋爱结成的，而是通过一对老夫妇亲戚介绍的。常子算不上漂亮，可也不算丑，圆圆胖胖的脸上老是露着笑容。除了从奉天到北京的途中被臭虫咬了之外，她什么时候都是笑呵呵的。现在她并不担心再被臭虫咬了，因为他们所住的位于 XX 胡同的公司宿舍里，已经配了两罐蝙蝠牌的除虫菊。

我说过，半三郎的家庭生活极为平凡，实际上也的确如此。他和常子一起吃饭，一起听留声机，一起去看电影，——和所有在北京的公司职员一模一样。不过他们的生活也不可能摆脱命运的支配。一天下午，命运的一击打破了他们单调、平凡的家庭生活。三菱公司的职员忍野半三郎因脑出血突然死了。

那天下午，半三郎还和往常一样在东四牌楼的公司办公室里认真翻阅文件。听说和他对着坐的同事也没觉察出他有什么不对劲儿的地方。可是，眼看他工作了一会儿之后，要抽空抽支烟，正要擦火柴点烟的时候，突然趴在桌子上就死了，死得实在是太突然了。不过幸好社会上的人不大批评人的死法，一般的批评都是针对人的活法的，所以半三郎也就没有遭到特别的谴责。不，岂止没有谴责，无论上司还是同事都对常子表示了深深的同情。

据同仁医院院长山井博士的诊断，半三郎的死因是脑出血。但不幸的是，半三郎并不知道自己脑出血。首先他没觉得自己死了，只是吃惊自己进了原来没见过的办公室……

办公室的窗帘在阳光里被风吹得摇晃着，当然窗外什么都看不见。办公室的正中是一张大办公桌，两个穿着白大褂的中国人正在桌前翻看着账本。其中一个人大概有二十来岁，另一个留着略微发黄的长胡子。

这时那个二十来岁的中国人一边飞快地在账本上写着字，一边头也不抬地问他："油阿密斯特儿亨利布雷特，昂特油？"（您是亨利·布雷特先生吗？）

半三郎吓了一跳。不过他还是尽量故作镇静地用北京官话回答："我是日本三菱公司的忍野半三郎。"

"哎哟，您是日本人哪？"

终于抬起头的那个中国人好像也吓了一跳。

另一个中国人一边仍然往账本上写着什么，一边茫然地看着半三郎：

"怎么办？我们好像把人弄错了。"

"麻烦哪，实在是麻烦。这是革命以来从没有过的事。"

看样子那个年纪大的中国人生气了，拿着笔的手直哆嗦：

"怎么着，快把人送回去吧。"

"您……嗯，忍野君吧？请稍等一下。"

二十岁左右的中国人又打开厚厚的账本，嘴里开始嘟囔着什么。没过一会儿他合上账本，更吃惊地对那个年纪大的中国人说：

"不成啊，忍野半三郎君三天前就已经死了。"

"三天前死的？"

"而且他的脚已经烂了，两只脚都烂到腿上了。"

半三郎又吃了一惊。听他们说的话，首先自己已经死了，其次他已经死了三天了，再者自己的脚已经烂了。这简直没道理啊！况且他的脚不是还——他想快走几步，可是忽然一下子大叫了起来。他大叫起来也很正常。随着窗外吹来的风，他穿着裤线笔挺的白裤子、白皮鞋的腿和脚的部分都晃悠着！他看到这般光景的时候，几乎不敢相信自己的眼睛，但是用两手一摸，两只裤筒都像装满了空气一样。半三郎一下子坐在了地上，同时两脚——不，两条裤腿就像撒了气的气球一样软不拉叽地落在地板上。

"行啦行啦，你快想个办法处理一下吧。"

岁数大的中国人说这么了一句后，好像气还没出完似的说：

"这是你的责任，对不对？你的责任。快点儿写份报告来。还有呢，还有那个亨利·布雷特现在上哪儿去了？"

"我刚才查了一下，他好像突然到汉口去了。"

"那快给汉口发电报，让他们立刻把亨利·布雷特的脚寄过来。"

"不，这可不成。等到脚从汉口寄到这儿的时候，忍野君的身子都烂了。"

"不好办，实在是不好办。"

年纪大的中国人叹着气，不知为什么他的胡子看起来更往下垂了。

"这是你的责任，马上把报告写好。这回没落下乘客吧？"

"哎，一个小时前刚走。不过马倒是还有一匹。"

"哪儿的马？"

"德胜门外马市的马，刚才忽然死了。"

"那正好，就把那匹马的腿安上得了，总比连腿都没有的好。你快去把那马的腿拿来。"

二十来岁的中国人离开大办公桌，一下子不知道哪儿去了。半三郎第三次被吓了一跳。按照刚才听到的话，好像他们要把马的腿给自己安上。要是这样，麻烦可就大了。他仍然坐在地上没起来，朝那个上年纪的中国人求起情来。

"喂，马腿就别给我安了，我最不喜欢马了。

我的下半辈子就求您帮忙了，还是给我安人腿吧，把那个什么亨利的腿给我安上也行，腿有点儿毛也不要紧，只要是人腿，我都愿意忍受。"

那个年纪大的低头看着半三郎，好像挺可怜他，连连点头。

"要有的话就给你安了，可现在没有人的腿啊。——算了，这么着，你就当遭了灾吧。不过咱们有马腿呀，你只要常钉钉掌，就什么样的山路都能走了……"

这时候那个年轻的部下拎着两条马腿，不知道又从哪儿回来了，那样子就像是宾馆的招待提着一双长皮靴。半三郎这时想逃了，可是没有了两腿太惨了，他没办法抬起身子。那个部下来到他的身边，开始脱他的白皮鞋和袜子。

"这可不行，千万别给我安马腿。没有我的许可，不能动我的腿。……"

就在半三郎叫唤的时候，那个部下已经把一条马腿插进了半三郎的右边裤腿里。那条马腿就像有牙似的，一下子就咬住了半三郎的右腿。那个部下接着又往左裤腿里插进了另一条马腿，这回也咬合得很好。

"哎呀，这就行了。"

二十来岁的中国人搓着指甲很长的两只手，脸上露出了十分满意的微笑。半三郎茫然地注视着自己的腿，这才发现白裤腿里露出两条粗大的栗色马腿，还有两只蹄子杵在那儿。

半三郎只记着这些，至少再往后的事就没记得这么清楚了。他还记得好像和那两个中国人吵了一架，然后从很陡的楼梯上滚了下来。不过这些他都不敢肯定。反正在昏昏沉沉中回过神来时，自己已经躺在位于 XX 胡同的公司宿舍前横着的棺材里了。在棺材的前头还有一个本愿寺派来的年轻和尚，好像在做着超度。

可是看到半三郎这个样子，众人只得承认他又活过来了。《顺天时报》为此特地印了半三郎的大幅照片，还用大字标题刊登了报道。反正据那篇报道描述，穿着丧服的常子的笑容甚至胜过平时。据说一些上司和同僚还用已经用不上的香奠钱为半三郎办了个复活庆祝会。当然只有院长山井博士的信用遭到了威胁。不过，博士仍旧悠然地抽着雪茄吐着烟圈，极力主张有超越医学的自然神秘之力，巧妙地恢复了自己的信用。他的这个办法其实就是为自保而抛弃了医学的信用。

但只有半三郎本人在出席复活庆祝会的时候脸上没有一点儿高兴的样子。当然这也没什么奇怪的，因为复活以后他的腿就变成马腿了。他现在没有脚，只有长着蹄子的带栗色毛的马腿了。他一看到那双马腿就感到说不出的伤心。要是哪天自己的马腿被公司的人发现了的话会被开除的，同僚也肯定再也不愿和自己交往了。至于常子——唉，"弱者，你的名字是女人！"常子恐怕也会和其他的女人一样，不愿意一个长着马腿的男人当自己的丈夫吧。——每每想到这儿，半三郎就下决心一定要藏好自己的双腿，不让人看见。就因为这个，他不再穿和服，总是穿长筒靴子；同样为了这个，他洗澡时总是把门窗关得严严实实的。可是，即使这么小心谨慎，半三郎仍然感到不踏实。他当然有理由感到不踏实了，为什么呢……

半三郎首先要避开的是同僚的怀疑，但这在他的一片苦心里可能还算是比较轻松的了。从他的日记中可以看出他多少总要和各种危险作斗争。

"七月 × 日，那个年轻的中国小子不由分说就给我安上了不成体统的马腿。现在我的两条腿都成了跳蚤窝，今天办公的时候两腿也痒得让我差点儿发疯。反正我现在必须想尽一切办法消灭跳蚤……"

"八月 × 日，我到经理那儿去谈生意上的事。那个经理在跟我谈话的时候老是抽鼻子，好像是我腿上的臭气从长靴子里透出来了……"

"九月 × 日，想要自由地操纵马腿确实比练马术还要困难。今天午休前，我突然被派了一件紧急工作，我就小跑着下楼梯。这种时候无论谁都会在这短暂的时间里只思考工作上的事，我当然不知不觉间就忘了自己的马腿。就在这一瞬间我的脚从七级台阶上踩空了……"

"十月 × 日，我渐渐觉得能自如地控制马腿了。现在想起来，要点其实就是保持腰的平衡。但是今天我失败了，当然失败也不能完全怪我。今天早上九点左右，我坐人力车去了公司。车钱本来只要一毛二，可是那个车夫硬要我两毛钱。这还不算，他还拉住我的衣服不让我进公司。我一下子火气上来，一脚把车夫踹翻了，踢得车夫就像飞在空中的足球。我当然挺后悔，但一下子又乐坏了。不管怎样，以后用脚的时候一定要多加小心……"

比起想办法不让同僚发现来，不让常子产生怀疑就难多了。在日记里，半三郎不断哀叹此事之难。

"七月 × 日，我的大敌是常子。我提出理由，说出于文化生活需要，终于把仅有的一间日式房间改成了洋式房间，这样的话在常子的面前我就可以不脱鞋了。没铺席子的房间好像让常子特别不高兴。但是，如果还是日式房间的话，就算是穿着袜子，我这样的脚怎么也不能在席子上走啊……"

"九月 × 日，今天我把双人床卖给家具店了。这床是我通过拍卖从一个美国人那儿买来的。买床的那天，我从拍卖场回来的时候从租界的行道树下经过。那些槐树上开满了花，运河的水也清澈透明，只可惜——现在不是迷恋这些事的时候。昨天晚上我又差点儿踹到了常子的腰……"

"十一月 × 日，我今天自己把脏衣服送到洗衣店去了，当然不是过去常去的那家，而是去了东安市场旁边的一家洗衣店。以后也得坚持这么洗衣服才行，因为衬裤、内裤和袜子上总是粘满了马毛……"

"十二月 × 日，袜子破了可是麻烦透了。为了不让常子知道，实际上光是省下买袜子钱就不是一般的辛苦……"

"二月 × 日，睡觉的时候我当然没脱过衬裤和袜子，我还得把脚藏在被子下不让常子看见，这也不是简单的事。常子昨天晚上睡前还说呢，

'你真是怕冷啊，毛皮都卷到腰上了。'弄不好哪天我的马脚就要露馅儿了……"

除了这些，半三郎还遭遇到了很多危险，把这些事一一列举根本不是我所能胜任的。可是，半三郎日记里最让我吃惊的是下面所写的意外事件。

"二月×日，今天午休时间，我到隆福寺的旧书店去翻旧书。有一辆马车停在旧书店前晒太阳的空地上，那不是西式的马车，而是带蓝色布篷的中式马车，赶车的肯定在车上休息。不过我没注意那车，就要进旧书店，事情就出在这个时候。那个赶车的忽然甩着响鞭吆喝着'哨哨'。'哨哨'是中国人赶马向后倒时的吆喝声。吆喝声还没落地，马车已经开始往后倒了。这时发生的事可把人吓坏了：眼前看着旧书店就在面前，我的两只脚也开始交替着往后退。这时我的心里说不上是觉得恐怖还是感到惊讶，反正那种感觉不是我的笔能形容得了的。我拼命努力，想往前迈腿，可在一种可怕的不可抗拒力量的作用下，我的腿还是往后倒。这时，赶车的吆喝了一声，这一声不要紧，可对我来说就是万幸了。马车停下来的那瞬间，我也好容易收住脚步不往后倒了。但是奇怪的事还没完，我刚松一口气，不由得朝马车看过去。只见那匹马，那匹拉车的杂色马发出了难以形容的嘶鸣。无法形容？——不，那倒也不是。在那尖厉的嘶鸣中我分明听到了笑声。还不光是马，我觉得一种嘶叫一般的声音也要从我的喉咙里冒出来似的。要是我发出了那种声音可就麻烦大了。我拼命用手蒙住耳朵跑了。……"

然而命运还为半三郎准备好了最后的打击，这么说并非空穴来风。三月末的一个下午，他突然发现自己的腿又蹦又跳。怎么突然一下子又不安分起来了呢？为了回答这个问题还得查阅半三郎的日记才行。可是不幸的是，他的日记正好在遭受最后打击的前一天就没有了。不过根据先后发生的事可以做个大概的推测。在查阅了《马政纪》《马记》《元亨疗牛马驼集》《伯乐相马经》等书之后，我确信半三郎两条马腿亢奋的原因大致如下：

那天正值黄沙铺天盖地而来，所谓黄沙是随蒙古的春风吹到北京的沙土。据《顺天时报》的报道，当天的黄沙乃十数年来所未见，"五步之外仰视已不得见正阳门楼"，可见其程度之凶猛。因为半三郎的腿是德胜门外马市死马的腿，那匹死马又是通过张家口、锦州进来的蒙古产库伦马。他的腿一旦感觉到了来自蒙古的空气，一下子就又蹦又跳起来，这也是很自然的事。再加上塞外的马现在正拼命地寻求交尾，正是纵横驰骋的时候，由此想来，他的马腿不堪老老实实地一动不动，也着实是值得同情的了……

我的这个解释是否正确姑且不论，半三郎当天在公司的时候也像跳舞一样，不住地转圈蹦跳。另外听说他在回家的时候，在仅仅三百来米远的路上就踩坏了七辆人力车。最后回到家，听常子讲，他像狗一样喘着气晃晃悠悠地进了客厅，刚坐在沙发上，马上又叫不知所措的太太拿绳子来。常子当然立刻就想象到自己的丈夫出什么大事了，从脸色上看他的样子就很难看。另外他似乎焦躁得难受，穿着长筒靴的脚不住地动着。看到丈夫这个样子，常子连平时一直挂在脸上的微笑都忘了，苦苦地求半三郎告诉她到底要绳子干什么。可是丈夫像很痛苦似的，一边擦脸上的汗一边不停地喊：

"快点儿，快！—— 要是不快点儿就不得了了。"

常子不得已只好把一把捆行李用的绳子递给了半三郎。接到绳子他马上就用绳子把自己穿着长筒靴子的双腿捆了起来。这时，常子感到恐惧得像要发疯似的。她颤抖着声音劝丈夫请山井博士出诊来看看，可是他只顾用绳子捆腿，怎么也听不进劝。

"那个江湖医生懂什么呀？那家伙是个小偷！大骗子！你别管那些了，到这儿来先帮我把我的身子按住吧。"

他们两个相互抱着，凝神坐在沙发上。遮蔽北京的黄沙尘好像更加猛烈，现在窗外连阳光都不大看得清了，只能看见一片混浊的朱红色。半三郎的腿这时仍旧不停地动弹着。两条腿被绳子捆得结结实实的，两脚像在蹬自行车脚蹬一样不停地动着。常子像在安慰丈夫，又像在给丈夫打气，她说：

"先生，你怎么抖得这么厉害呀？"

"没什么，没什么。"

"你看你出的汗，这个夏天我们回日本吧，好不好？我们好久没回日本了。"

"嗯，那就回日本，回日本去过日子。"

五分钟、十分钟、二十分钟——时间在他们两个人身边缓缓地流过。常子后来对《顺天时报》的记者谈起，她那时感觉自己就像被锁链锁住的囚犯一般。但是这么过了三十分钟以后，终于等到了锁链断开的时候。当然这并不是常子所谓的"锁链断开的时候"，而是半三郎挣脱把他束缚在家庭的锁链的时候。窗户被外边一片混浊红色的风吹得咔嗒咔嗒响个不停。与此同时，半三郎突然大声喊叫起来，一下子蹦起了三尺高。常子似乎看到半三郎身上的绳子断了。半三郎呢？半三郎好像被什么东西追着似的跳出了公司宿舍大门——这话不是常子说的。在半三郎飞身跳起来的时候，她已经在沙发上昏过去了。这是这个公司宿舍的中国人杂役对记者说的。然后就在那一瞬间，他在大门前站住了。但他身子抖动了一下，发出马的嘶鸣一般瘆人的声音，一下子就跑进笼罩着马路的黄沙里去了……

后来三郎怎么样了呢？这到现在都是个谜。不过据《顺天时报》的记者报道，当天晚上八点钟左右，在月下的一片黄沙尘里，有一个没戴帽子的男人在八达岭下的铁道上跑着。这个报道不见得那么准确，因为该报社还有一个记者报道说，晚上八点钟左右，在沾满黄沙的雨里，有一个没戴帽子的男人在两边立着石人石马的十三陵甬道上跑着。这样看来，应该说半三郎从位于XX胡同的公司宿舍跑出去以后，谁也不知道他到底去哪儿了。

不用说，半三郎的失踪和他的复活一样引起

了种种议论。不过常子、经理、同事、山井博士和《顺天时报》的主笔都把他失踪的原因解释为发疯。当然解释成发疯比解释他长了马腿要容易得多——避难就易常常是天下通用的公理。代表这一公理的《顺天时报》主笔牟多口先生在半三郎失踪的次日，摇动他那如椽大笔发表了社论：

"昨日下午五时十五分，三菱公司职员忍野半三郎先生似乎突然发狂，不听夫人常子之劝告，一个人出走不知去向。据同仁医院院长山井博士称，忍野先生去年夏天突患脑出血，曾三天不省人事，此后精神出现些许异常状况。又，根据常子夫人发现的忍野先生日记，也可知其常有奇怪的被迫害妄想。然而吾等欲问者，并非忍野先生之病名如何，而是忍野先生之责任所在。

"夫吾国金瓯无缺之国体乃立之于家族主义之上。而立于家族主义之上者，一家之主之责任如何重大自不待言。作为此一家之主是否有妄自发狂之权利？在此疑问前吾人断乎以否答之。试以天下为夫者获此发狂之权利，彼等将家族悉抛诸身后，或行吟于道途，或逍遥于山泽，或入精神病院得享衣食无忧之幸福。然两千年来夸耀于世界之家族主义则难免土崩瓦解。语曰：恶其罪不恶其人。吾等素未苛责忍野先生，然对此轻率发狂之罪吾等应鸣鼓而责之。否，不仅忍野先生之罪，吾等亦要替天责问历代政府将发狂禁令付诸等闲之失政之罪。

"据夫人谈，至少于一年前入住于××胡同公司宿舍，现正盼夫君归家。吾等在向贞淑之夫人谨表满腔同情之同时，为贤明之三菱公司当事者计，尚切望不吝为夫人考虑便宜。……"

半年之后，常子遭遇到了无法对误解无动于衷的新状况。这是在北京的槐柳开始发黄、飘落的十月的一个傍晚。在客厅的沙发上，常子呆呆地陷入了回忆中。常子的嘴边到现在仍然没有浮现出从前的那种微笑，她的脸也不知何时变得十分瘦削。她一直在想着诸如失踪的丈夫、卖掉的双人床、臭虫的事。正在这时，听到有人迟疑着按门铃的声音。听到声音她也没在意，随仆役怎样应对，可是仆役不知道上哪儿去了。这时门铃又响了一回，常子才终于起身离开沙发，静静地朝门口走去。

撒满落叶的门口，一个没戴帽子的男人站在擦黑的微光之中。不，还不只是没戴帽子，那个男人破破烂烂的衣服上还满是尘土。看着这个男人，常子感到恐怖。

"有事吗？"

那个男人什么也没说，只是耷拉着头发长长的脑袋。常子仔细地打量着那个人，又战战兢兢地重复了一句：

"有——您有事吗？"

那个男人终于抬起了头：

"常子……"

他只喊了这么一声。但这一声像月光一样，让常子把那个男人的相貌看清楚了。常子屏住呼吸，一时好像失声了一样，只是注视着那男人的脸。那个男人不仅胡子老长，而且憔悴得像个陌生人。但是，注视着她的那双眼睛的确就是朝思暮想的那个人的眼睛。

"先生!"

常子这么喊了一声,就要朝丈夫扑过去。可是她刚迈出一条腿,就立刻像踩到了烧红的铁块似的马上猛地往后退。她看到丈夫的破烂裤子下面露出的腿。昏暗之中,可以看见露出来的是长着杂毛的马腿。

"先生!"

常子对那马腿感到一种难以名状的厌恶,但她知道失去了这次机会,自己可能就再也看不到丈夫了。丈夫也伤心地看着她,常子想把自己的身体投向丈夫的胸口,可厌恶感再一次战胜了她的情感。

"先生!"

她第三次喊出来的时候,丈夫已经忽地转过身去,静静地弯着腰离开了门口。常子鼓足最后的勇气,拼命想扑向丈夫。可她还没来得及迈出脚步,就听到耳边响起一阵马蹄声。常子惨白着脸,似乎失去了把丈夫叫回来的勇气,只是呆呆地望着他的背影，昏倒在了门口的落叶上……

自那以后，常子就相信了丈夫的日记。但半三郎的经理、同事、山井博士和牟多口先生等人仍然不相信忍野半三郎的腿变成了马腿。不仅如此，他们还认定常子看见马腿是因为她陷入了幻觉。我在北京逗留期间，见到山井博士和牟多口先生，好几次都想破除他们心里的妄想，但我总是遭到反对的嘲笑。之后——不，也就是最近，小说家冈田三郎先生好像也从哪儿听说了此事，给我寄了一封信，说他怎么也不能相信人腿变成了马腿。冈田先生在信里说：如果这是事实的话，"那么他装上的应该是前腿。要是那种能表演西班牙绝妙舞步的好马的话，没准儿他也会用前腿踢东西的绝技。如果不是汤浅少佐骑的那种马的话，那是不是能做这么多事也是个问题。"当然我也对这一点多少持怀疑态度，可是仅仅因为这个理由就把半三郎的日记和常子所说的话否定了，那也太草率了吧。根据我了解，报道半三郎复活消息的《顺天时报》在同一版上刊登了这样的文字：

　　"美华禁酒会会长亨利·布雷特先生在行驶于京汉铁路的火车上猝死。从该先生手持药瓶死去的情况来看，怀疑其有自杀的动机。药瓶里的水经化验，判定属酒精类……"

大正十四年（1925）一月

（宋再新　译）

---

在那个世界里等待着我们的，

究竟是痛苦，还是快乐，

我们根本无从知道。

我们只知道，自己只能像英勇的士兵那样，

朝着那个世界不断挺进。